U0907826

日知文丛

书中自有山河

谭徐锋 著

浙江古籍出版社

任章甫全家福

坐者为任章甫夫妇，立者右起依次为四子任鸿年、长子任鸿熙、三子任鸿隽、次子任鸿泽、三女任心一与次女，小女孩为长女之女舒玉琳，任鸿泽所抱男孩为其大姐之子舒隐怀。德国驻重庆领事馆人员拍摄于1897年前后，可能是摄于重庆市涪陵（现属垫江）鹤游坪双桂湾，原照片为黑白；任尔宁着色，1955年前后。任尔宁先生提供。

1934 年，傅斯年与夫人合摄于北平寓所

晚年傅斯年

2012 年 4 月 6 日，刘浦江老师回垫江一中讲座，俯身与提问的学弟交流

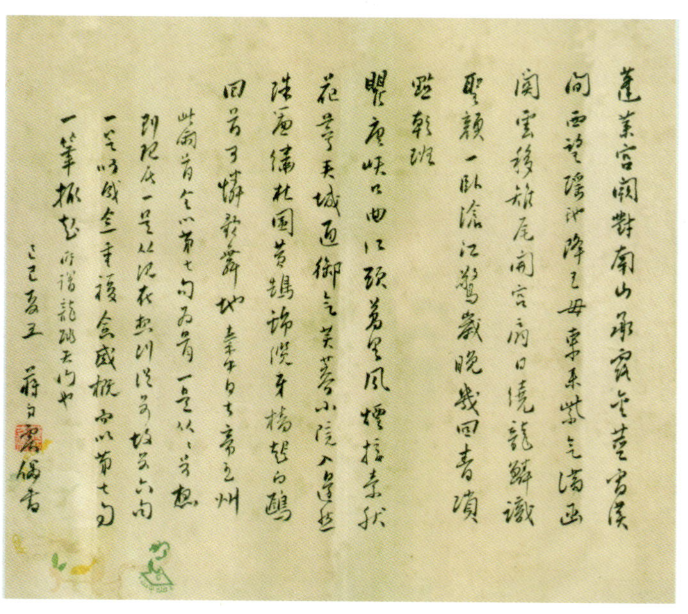

蒋百里手迹

自 序

少年时的抱负很多，僻处乡村，能见之于实行的唯有作文。

拜“文革”大力提倡鲁迅所赐，川东小县城甚至小镇书摊上也可以很容易买到其作品的旧书，单行本，选编本，几毛钱一本，所以最早正式大量读的是迅翁。课余，假期，加上课本选的鲁迅作品，不可谓不多，可是各种版本翻来覆去，终究觉得不合自己的脾胃，本来应该很好玩的《两地书》没想到也那么尖刻。迅翁是文章家，不容抹杀，然而夹枪带棒的文章太多，可能有读者觉得过瘾，在我却偶感面目可憎。他少年际遇相当不如人意，加上家国之变，无疑影响了其文风。鲁迅作品是否适合小学生、初中生阅读，其实相当可议。少年人的心田，可以多一些温润与美好，因为此后人生不平之处尚多。

直到初中毕业那个暑假，那是一个中雨的午后，淅淅沥沥中，从亲戚家借得一册汪曾祺的《晚饭花集》，尽管是短篇小说集，我却是当文章来读的，文字的温润，那种江南水乡的气韵，一下子攫住了少年人的心。当时因为读了不少文学作品，比如黄源深先生译的《简·爱》，甚至耽搁了准备垫江中学入学资格的选拔考试，不过，塞翁失马，焉知非福，中学六年从容地在垫江一中度过，这让我有足够时间与宽松心态在图书室读书。

顺藤摸瓜，高中时代又将有相似之处的沈从文、周作人甚至孙犁都找来闲翻，手头一本周作人的《雨中的人生》购于路边冷摊，已经读过多遍，至今随我南来北往。知道了自己的喜好，可以说是这个暑假最大的收获，尽管这与川东人的脾气火爆快人快语不见得相符。

后来，有幸进武昌华中师范大学念历史，不少老先生是以文章好著称的，比如钱基博先生以博通集部名扬天下，张舜徽先生文字简洁，章开沅先生中学时代就被人称作“小鲁迅”，各具擅场。我个人的体会，作为学者，可能需要具备几副笔墨，而不仅仅是写学术论文而已，这样的话，可以让人生与学术都更加鲜活，也更利于传播，开沅先生的随笔与演说就引人入胜，我时常以为老辈学人的道德文章不应该为人忽略，因为他们身上的功力与魅力是一笔值得不断回味的宝藏。

这当然是我们很久远的传统，随便打开任何古人的文集，其中的文章类别，都是非常丰富的，而且有一个演变的脉络，只是到了现代，尤其是当代，尽管我们阅读与写作的条件更加便利，可是似乎越来越不太知道怎么写文章了。文章的写作当然不仅仅是技术问题，根子在于思想问题，一个不太愿意思考的人，文章水准相当值得质疑。

除了少年时胡乱体会的文字趣味，时间逐渐让我认识到，文章的气也是极为要紧的，这是读韩愈的文字得来的收获。韩文公，不少人觉得过于强调文以载道，其实在我看来，很可能是后人的附会成分更多一些。他老先生的文字，无论大小，无论是否游戏笔墨，都有一股子凌然不可侵犯的豪气，横亘于胸中，吐露之时，让人可以想见其为人，道学气反而不那么多。

再读宋人文集，尤其是我们乡贤苏东坡，其中就有了不少禅味，文字越发巧妙，其中《记承天寺夜游》就是典范，方寸之内，看似波澜不惊，其实跌宕起伏，余音绕梁。现在一些文章越写越长，我倒是觉得如能短小精悍，其实更妙，不仅仅是节省读者的时间，也是体现写作者的思考力。在信息化时代，如何提供更有浓度的信息，是每一个写作者的当务之急。

此次应浙江古籍出版社况正兵兄之约，将既有的书评与随笔筛选一过，收为一册，大致分为三辑：学人侧影、书评序跋、个人经历，大致都与书关联极大。发表时，多少有所删节，此次一并恢复，并改正错字，适当润色。

这些篇什卑之无甚高论，但是力求言之有物，有不少看法，更是有着自己的心绪在里面，也许浅薄，但却言者有心，下笔时常带感情。不少师友是力主谨慎，尽量少发言的，不过我倒是觉得，不说白不说，说了不白说，这也许什么也改变不了，但却可能重塑小我与周边的文化品格。

自 2007 年夏滥竽出版界以来，除了书籍和学者，似乎没有更熟悉的景致了。这些书籍，以及终身与书打交道者，不少已经成为逝者，有幸与他们结识，其中的声光与风骨，构成了当下中国难得的文化景观，这其中不少行迹与学术已内化为身心的一部分，若隐若现。

所收文字曾刊发于《中国书法》《光明日报》《中华读书报》《南方都市报》《经济观察报》《北京晨报》《生活月刊》《澎湃新闻》《中国民商》等处，得到了张焱、李峥嵘、王洪波、陈辉、雷剑峤、朱天元、肖海生、饶佳荣、张中江等朋友的鼓励与支持。

文章编排，况正兵兄提供了宝贵建议。王余光老师、罗新老师、苗润博兄、徐晓红师妹提供了部分照片。谨此致谢。

这些篇什的撰写，要感谢家人的悉心照料，所以才有闲工夫。尤其是内子夏荔近二十年来的宽容，这些文字如有一丁点儿贡献，都要归功于她对一个书呆子的无限理解。犬子顿顿的成长与这些文字如影随形，他的到来让我多了很多新认识，此书也献给他。

衷心期待读者朋友的批评指正。

谭徐锋

庚子九月廿九日午后于北京观海堂

目 录

书海拾贝

人生逆旅

学林剪影

一枚清末全家福的前尘往事

——垫江任氏家族史迹发微

20世纪，无论对于世界，还是对于中国，都是大动荡时代。两次世界大战，各地大大小小的战乱，带来无穷劫难，对于个体而言，是辛酸乃至肉体的破灭；对于图籍而言，则是灰飞烟灭。这张重庆垫江任氏摄于清末的着色全家福，有幸在苦难之后，历经百二十年，重见天日，其中蕴藏着无尽的前尘往事。

从浙北到川东：任氏家族的迁移轨迹

任鸿隽祖籍浙江归安县（今湖州）菱湖镇，太平天国忠王李秀成攻陷杭嘉湖地区，为避战乱，任氏开始外迁。

1863年，乃祖任铁才率全家到成都，投靠其叔祖父任秋苹。

1872年，乃父任章甫举家移居垫江，纳粟为官，长期担任垫江典史，1902年殁于任上。1886年，任鸿隽出生于垫江。

相对于作为湖州府首县的归安，垫江僻处川东、文物凋零，远不能相提并论，加上任章甫一直保留着家乡口音，念兹在兹的依然是浙江的故乡，任鸿隽尽管生长于垫江，且已习于说四川话，但是对于江南故土的思念却相当浓烈。任鸿隽后来在上海中国公学念书时，急切地与同学回归安寻根，却发现老屋已不知着落，“山河依旧，人民已非”，“此地名为故乡，实则关系都绝，余惟先茔一事则不可了然”，甚至祖坟也已无法辨识。

那种怀乡的冲动与热烈，一旦遭遇魂牵梦绕之地的萧条，两造之间的落差，使得一贯温和的任鸿隽，在给兄长的家书中也不由得带些火气，“吾欲为不孝之言，以为祖宗累人也”。

任鸿隽后来赴日本留学，追随孙中山参加革命，是同盟会骨干成员，与吴玉章、熊克武等成为知交。后任南京临时政府总统府秘书，与其弟弟任鸿年参与很多民初政治的谋划。任鸿年愤于“二次革命”的失败，在杭州投水自尽，海内外一时以为国殇。

革命成功，然而任鸿隽放弃优厚的待遇，依然决定赴美留学，以学问贡献于新造之民国。后与胡适倡导白话文运动，与赵元任等创办近代中国最大的科学团体中国科学社，并与才女陈衡哲相识，后来结为终身伴侣。回国后先后执教于北京大学、东南大学，并出任中国科学社社长、中央研究院总干事、中华文化教育基金董事会干事长与四川大学校长，尽心于民国科学与教育事业。1949 年因为当时最高层的挽留，留在大陆，担任“新政协”特邀代表，后将精心培育的中国科学社及其资产捐给国家；其妻子陈衡哲在学术与文化上也独树一帜，夫妇俩在民国教育史与文化史上光芒四射。

然而，任鸿隽在各种回忆录中都未提到这一枚全家福，不知是否由于任氏四兄弟投身辛亥革命，结果老四早逝，老大和老三也中年去世。任鸿隽或许害怕睹物思人，因为任鸿隽晚年就是因为吴玉章往谈辛亥革命旧事，言及乃弟任鸿年，突发脑溢血，后来不治而逝。不过，这一照片的历史确实相当久远。

任章甫于1902年去世，以此推断，照片的拍摄时间不应晚于1902年（光绪二十七年）；如联系到任鸿隽生于1886年，从照片中的身形与神色来看，或许在十岁左右，而不太可能是十五岁左右，那么照片很可能是摄于1900年之前甚至是1897年前后；如能确认照片中任鸿隽大姐子女的出生年月，则照片的拍摄时间或许可以精确到某年甚至半年。

在照片的保存者、任鸿泽之孙、任鸿隽侄孙任尔宁看来，根据后来任氏家书推断，这一照片应该出自当时德国驻重庆领事馆人员之手。同一照片保存至今的还有一60厘米长、40厘米宽者，很可能是在上海冲洗，然后带回重庆。

其中的主人公一一羽化之后，这一枚小小的照片却见证了一场场与他们后人息息相关的暴风雨。

暴风雨间隙的着色记忆

1949年底，重庆，解放军大兵压境。

任鸿泽之子任百鹏作为工商实业界头面人物，经过地下党劝说，与其他代表一起过江欢迎大军入城。

1951年，任百鹏被错判误杀，直到1985年才被平反昭雪。其子任尔宁至今认为，此系当时具体操持者企图吞掉任百鹏家产所为，因为任百鹏掌管重庆两大家族任、高两家巨额资产，冯玉祥、张澜、张大千、徐悲鸿等政界、艺术界名流是其家座上宾，任尔宁至今与张澜后人关系匪浅。

任家、高家立即被抄，任尔宁当时才四岁多，“几十个人冲进外公的家里，连木地板都撬起来搜查，我和二姐吓得在床上抱成一团”。任尔宁还记得，大卡车将值钱的东西一车车拉走，甚至连抄家者很少见到的内衣也未能幸免，三十多年后的抄家发还清单上还赫赫在目，只是名贵之物早已不知去向。

“当时家里的古籍书，起码四五十万本。张大千、徐悲鸿等大家的名画，起码几百幅。竹简，起码上万片。”重庆天气潮湿，任尔宁小时候每年都要将这些外公（高显鉴，民国四川教育学院院长，该校为西南师范大学前身）的宝贝翻出来晒晒太阳。抄家往往不期而遇，连绵不断，在任尔宁记忆中，至少不下于十次。

一次次抄家过后，任高两家的房产或上捐政府，或被没收，或被拆迁，住房越来越小，“到目前，我已经搬了十二次家，从大花园到别墅到斗室到地下屋，都是迫不得已的”，任尔宁面对笔者的电话采访，似乎有些哽咽。他更喜欢提到三爷爷任鸿隽与三娘姆陈衡哲的成就与声望，以及最近辛亥革命纪念重庆方面对其祖辈勋业迟来的敬重。

任尔宁祖辈的来往信札与照片，或许是因为不太值钱，被抄家者四处抛洒。暴风雨过后，幼时的任尔宁把先辈的手迹小心翼翼地收集起来，有的放到稍为保险的地方，有的则随身携带。任尔宁九岁时，似乎正上小学三年级，自己搞了一个暗房，用玻璃底片冲洗了不少照片，分送亲友。

幸亏有老辈们留下的德式小照相机，还有一群可爱的小伙伴，任尔宁幼小的心灵才稍显充实。他把家中的照片一一找出来，有的还是清末照的，当时快有五六十年的历史。他至今记得，在被翻得七零八落的家中，小伙伴们围在他身边，他用调色纸，沾上清水，慢慢地给他那些大多未曾谋面的曾祖父母、祖父们的衣衫打上颜色。

除了将照片的整体背景涂上一层淡黄，任尔宁或许对照片中的小姑妈舒玉琳更有兴趣，因为毕竟都是小孩，而且照片中的舒玉琳跟当时任尔宁的年龄差距不大，就像一位可爱的小妹妹，所以在对这位小姑妈的人像着色时，他下了更多心思，而且尝试着用绿、粉红、黄等多种色素进行搭配。对于三爷爷任鸿隽，任尔宁也颇为敬仰，将其长衫的下摆涂成黄色。此外，还有他曾祖母的衣襟，爷爷的折扇，茶几上的花瓶。

在一点儿一点儿的涂抹中，那颗幼小的心灵或许可以稍微淡忘抄家者破门而入时的恐惧。

苦尽甘来的照片保存记

除了被抄家，还有被迫变卖。

“三年自然灾害”时期，任尔宁的外公病重，只好贱卖家中被抄剩的字画。为了生存，少年任尔宁不得不一次次地提着一些古籍，长途步行到解放碑，将这些善本贱价转让给古籍书店，以便换来一点点儿食物。一本成色较好的宋明刻本才卖一毛钱，十本书才能换一块点心。古籍书店知道任家有大量善本，更知道他家生计困难、着急花钱，经常会开出清单，定时拉着板板车到他家取货。

“文革”开始那一年，任尔宁到川东地区石油部门上班，担任毛泽东思想宣传队的手风琴独奏手，长期在外演出。

由于住处太小，他只好将一些珍贵的小物件藏在手风琴的箱子与风箱里，以及一个长号的盒子，随身携带。

翌年，在任尔宁回家偶尔外出之时，他的小屋又被红卫兵抄了。当他回到家中，意识到一个家族的文脉或许就危在旦夕，即刻找到“抄家办公室”负责人，一再解释，“我是川油司（四川石油）毛泽东思想宣传队的手风琴独奏手，春节后要上北京演出，况且手风琴不属于封、资、修的物品，它是 1958 年重庆生产的，是我参加石油会战工作后才买的”。然而对方无动于衷。任尔宁只好一直静静地呆坐在负责人对面的长木椅，一直到中午。对方或许动了恻隐之心，让任尔宁自己进仓库去找，还说鉴于他积极宣传毛泽东思想，又是光荣的石油工人（当时正宣传 32111 钻井队的事迹），是第一个破例要回东西的人。

在重庆民生路若瑟堂数十间屋子的“胜利果实”中，任尔宁终于找回了心爱的手风琴。当时临近春节，人们还没来得及清理，要是手风琴中的“四旧”被发现，任尔宁或许会有性命之忧。

任尔宁在电话那头激动地说，这真是性命换来的，有次去泸州演出，归途遇到红卫兵武斗，他们藏身于敞篷车上的沙袋之间，冒着枪林弹雨冲过战场，怀里紧紧护着手风琴，幸亏司机事先在轮胎外侧绑上钢板，否则即使不中弹，哪怕车胎被打爆，杀红了眼的红卫兵肯定也不会放过他们。

令人欣慰的是，越来越多的人认识到，相对于那些看得见的政经手段，任鸿隽夫妇与任氏四兄弟的文化意义是不可复制的。任尔宁数十年的奔走，终于获得了任鸿隽祖居地浙江湖州，以及出生地重庆的高度认可。今年十月，重庆历史名人馆举办“任氏四兄弟与辛亥革命”专题展览与学术研讨会，不少知名学人与会。

照片中人，早已隐入历史。晚清以降，国人对待国史与先贤的种种，多不堪回首。一枚小小的全家福，竟能留存至今，或许真乃君子之泽所佑；再念及数百万甚至数千万文物的破灭殆尽，不由得让人惋惜不已。

附记：本文的写作，是笔者拟撰《任鸿隽与陈衡哲》一书的一个引子。首先要感谢任鸿隽先生侄孙任尔宁老师的鼎力支持，与任老师 2011 年 1 月下旬的面谈，2011 年 11 月 21 日上午、12 月 4 日晚上的电话采访，为了提供了丰富的口述史料，他还慷慨提供笔者所需照片，同时参考了《科学救国之梦：任鸿隽文存》(上海科技教育出版社，2002 年)与《任鸿隽陈衡哲家书》(北京：商务印书馆，2007 年)。作为垫江人，笔者期待能尽力促成在重庆建立任鸿隽纪念馆，毕竟重庆能列为国士的知识分子不多，任先生就是当之无愧的一位。任陈贤伉俪的识见与风范值得每一个后来者追怀。

写于 2011 年冬，原载《澎湃新闻》2014 年 6 月 28 日

章士钊与鲁迅的一段公案

曾经的辛亥革命同路人鲁迅与章士钊在1920年代不仅笔墨相争，而且闹到公堂，鲁迅后来得以胜诉，这可谓北洋时期知识界的著名公案。对于这段公案的理解此前或许多就事论事，而且对于不那么有利的章士钊似乎措辞寥寥，细细琢磨时代风潮与章氏本人的叙述，其实还有不少重访的空间。

五四时期北大校长蔡元培的得力助手蒋梦麟在反思当年的学生运动时，曾意味深长地提到，正如蔡元培、胡适所担心的：

> 学生们在“五四”胜利之后，果然为成功之酒陶醉了。这不是蔡校长等的力量，或者国内的任何力量所能阻止的，因为不满的情绪已经在中国的政治、社会和知识的土壤上长得根深蒂固。学校里的学生竟然取代了学校当局聘请或解聘教员的权力。如果所求不遂，他们就罢课闹事。教员如果考试严格或者赞成严格一点的纪律，学生就马上罢课反对他们。他们要求学校津贴春假中的旅行费用，要求津贴学生活动的经费，要求免费发给讲义。总之，他们向学校予取予求，但是从来不考虑对学校的义务。他们沉醉于权力，自私到极点。有人一提到“校规”他们就会瞪起眼睛，噘起嘴巴，咬牙切齿，随时预备揍人。

当时北大学生凭着五四运动的势头，有时甚至公然要挟校方，身材瘦小的蔡元培甚至要与小孩子们搏斗。类似的例子在时人的回忆中还相当多，当某种情况称为常态时，就很有点覆水难收的味道了。

作为曾经的晚清《苏报》案主角与学潮鼓动者，段祺瑞时代的教育总长，章士钊本着其逻辑学家的思路，提出学生回归读书的本位，这一看似与其早年经历迥异的主张，其实正说明了当时的时代氛围。

章士钊不仅在晚清是革命的急先锋，而且也是新文化运动的同路人，陈独秀创办《青年杂志》就是受他《甲寅周刊》的影响，而且尽管见解不一，却彼此私交甚笃。

章士钊对于白话文运动尽管有所保留，一生坚持用文言文写作，但其实跟白话文运动的主将胡适等人关系相当密切。就在鲁迅痛斥章士钊当年年初，章士钊与胡适在应酬时偶遇，一起合影，章特意题白话诗送胡：

> 你姓胡，我姓章，
> 你讲什么新文学，
> 我开口还是我的老腔。
> 你不改，我不驳，
> 双双并座，各有各的心肠。
> 将来三五十年后，
> 这个照片好作文学纪念看。
> 哈哈，

我写白话歪词送把你，
总算是老章投了降。

章要胡写旧体诗送他，胡便写道：

但开风气不为师，龚生此言我最喜。
同是曾开风气人，愿长相亲不相鄙。

作为北大同事，两人交情不可谓浅淡，而且颇有惺惺相惜之情。章士钊对白话文并不排斥，但他所推崇的是另一个更加有风度的传统。

这一年，章士钊过得相当郁闷，他其实有点像段祺瑞政府的救火队长，刚出任司法总长不久，因学潮连绵不绝，段祺瑞立马又任命这位晚清学潮领袖为教育总长。聚焦所在，也被鲁迅严厉斥责的是北京女子师范大学，“学生蒲振声、张平江、刘和珍、姜伯谛、许广平、郑德音等，反对校长杨荫榆而演武剧。先生认为学纪大紊，礼教全荒，号为全国女子最高学府，强自取柱，柔自取束，立表不正，其影可知。当此女教绝续之秋，宜为根本改图之计。遂毅然绝然，令其停办，遴选专家，妥速筹画，另创设国立女子大学，重立宏规，树之模楷”（王森然《章士钊评传》）。

章士钊着力整顿学风，并非为一己私利，当时女子师大的校风，某种程度上正与蒋梦麟的观察颇为类似。

章士钊之女章含之有一段文字，提到毛泽东主动问及章含之对乃父的评价，当听到章含之按照鲁迅版的说法痛说父亲的“黑历史”时，毛泽东很不以为然地摇头制止了她，问道：“你只知道行老做的错事，有些还不见得是错的，譬如他参加国共和谈。我先问你，你知道多少行老革命的事迹，知道多少他做过的好事？”

章含之一下张口结舌，回答不上了。

毛泽东很不满意地说：“你要正确认识行老，他的一生很不简单。你知道行老年轻时《苏报》一案是怎么回事？”

章含之“才忽然意识到除了鲁迅的文章，我对父亲的了解竟如一张白纸。我从未问过、寻过、读过父亲的生平”。毛泽东又补充道“行老青年时代是个反对满清的激进革命派呢。我们谁都不是天生的马列主义者。他一生走过弯路，但大部分是好的”。

鲁迅一生论敌无数，而且由于后来被树为新文化运动主将，新中国成立后只要被鲁迅所指责者似乎都难逃反动落后的骂名，更何况鲁迅涉及“三・一八惨案”的杂文《纪念刘和珍君》与驳斥林语堂的《论费厄泼赖必须缓行》，均涉及了章士钊，由于被纳入了各个时段的中学课文，影响极为深远。徐复观就说，由于曾是“鲁迅迷”，“章先生既为鲁迅所深恶，我自然也对章先生无好感”，对于此事的真相如何，一般人既无从考察，也就凭着印象一直衍生开来。

近代史学者周雪蕾注意到，惨案发生时，章士钊正在天津。当天《世界晚报》登载消息，指章是惨案的主谋。其中缘于该报曾与段祺瑞之子构讼败诉，认为是时任司法总长的章士钊从中偏袒，遂大兴讨伐。

章士钊为此极为愤怒，在各报登启事指责该报。

由于章士钊与鲁迅的这桩历史公案，章含之还被“文革”造反派贴了大字报，相对于乃父是鲁迅笔下的一只必须穷追猛打的“落水狗”，她被称为“小落水狗”，内心倍感屈辱。

于是，她气冲冲地责问章士钊为什么迫害鲁迅，镇压学生？章士钊却异常平静地对她说：“一个人的功过是非，历史自有公论。现在对你讲，你听不懂，也听不进去。我和鲁迅之间，有些可能是误会。以后你长大了自己去读历史，自己去判断吧！”

等她稍微长大后，章士钊谈起他与鲁迅的这段公案时，很风趣地说，“哪里有这么多文章好做哟！鲁迅要是活到解放，我和他很可能是朋友呢！”

章含之问他当年他们之间如此敌对，他现在怎么看。章士钊微微沉思后缓缓地说：“拿你们现在的眼光看，对于学生运动的事，鲁迅支持学生当然是对的。”

他说 1925 年春天，他应段祺瑞之邀出任执政府的司法总长，后来又调任教育总长，当时完全是想用“读书救国”来办教育，因此企图整顿学风，严格考核。为此，他上任伊始，就反对学生参与政治，主张闭门读经书，禁令学生不得上街游行，从而激怒了学生与鲁迅，尤其当时群众运动声势巨大，章士钊冷峻的教育政策一下子成了年青学生的拦路虎。

尽管作为段祺瑞政府的秘书长，惨案之后他曾奉命拟过一份通缉令，但他绝非鲁迅笔下的那么不堪。

作为后人，章含之的回忆或多或少有为乃父辩白的意味，但章士钊所说的具体语境的确值得后来者重新考察，否则就很难以理解为何他会有如此重大的转变。作为辛亥时期学潮的亲历者与发动者，章士钊以为“罢学之于学生，有百毁而无一成！”

章士钊的外孙女洪晃回忆，老爷子晚年偶尔会自言自语道：“荒唐！荒唐！”年幼的洪晃不解其意，却也经常学着外公的样子说“荒唐”，直逗得外公前仰后合。稍长，才知道章士钊所提就是他与鲁迅这段公案，可见那一段遭遇对其影响之大。

原载《北京晨报》2017 年 5 月 28 日

亦儒亦侠亦风流

——章士钊的社会交往

近代中国面临着数千年未有之大变局，一时风起云涌，可谓天才成群结队地来，涌现出不少杰出人士，章士钊（1881—1973，字行严，笔名黄中黄、青桐、秋桐）不见得是其中最优秀的一位，但无疑却是极为独特的一位，他身上有着复杂的生存样态，极为丰富的人生经历，极为繁复的思想纠葛，给我们呈现出近代知识人的一个缩影。

在这一过程之中，他独特的经历与交游，既凸显了他本人的旨趣，也折射出一个时代的气象。以下拟从乡谊、同志、出仕与诗友四个角度，对章氏之社会交往做一个梳理，期待由此发掘出章士钊背后更多的社会文化意蕴。

一、化不开的乡谊

近代湖南著名知识人杨度有一首长诗《湖南少年歌》，气魄雄伟，里面有这样的一句话“若道中华国果亡，除是湖南人尽死”[①]，面对当时危难的形势，道尽了湖南人的自信与担当，但是其中最为紧要的却是，其身后挺立着一个数目巨大的湖南

① 杨度：《湖南少年歌》，刘晴波编：《杨度集》，95页，湖南人民出版社2008年版。

知识人，这些杰出人士所撑持起来的湖南乡谊，有时候远远越出了简单的派别之争。

章士钊二十岁之前一直生活在湖南善化县（今长沙），不论是读书，还是教私塾，都在长沙这个地方生活，所以他对湖南的认同感颇强。后来去武昌就读于两湖书院，其中不少同学也是湖南同乡。①

后来成为著名革命家的黄兴就是章士钊两湖书院的学长，在此与章士钊结识，此后与章氏更是有很多交集。在上海《苏报》案之后，章黄二人结伴返回长沙，酝酿华兴会的成立事宜。

1904 年春，章士钊又与湖南籍知识人杨守仁在上海组建爱国协会，成为华兴会的外围组织，章氏出任副会长。8 月，章杨二人根据华兴会长沙举义的安排，在上海余庆里设立机关，接济同志，不料惨遭泄密。章士钊后来因探望行刺清廷官员未遂而坐牢者，反而被跟踪，导致机关被破坏，章士钊等人也锒铛入狱，后来因为湖南同乡蔡锷的营救被保释。

这里面，他与黄兴的交往尤为密切，当黄兴于孙中山成立中华革命党后，决定另行成立欧事研究会时，章氏毅然为其起草宣言，其中所营造的同乡氛围不可谓不浓。

晚年章士钊专门撰文回顾了二人的交往，那时的同乡之谊，对于章士钊而言，可以诚挚而深厚。

章氏与宋教仁都是少年英才，留日时期交往极为频繁，也源于湖南人的同乡之谊，后来宋教仁被刺惨死，章士钊毅然反

① 章士钊：《示侄》，见陈书良编校：《章士钊诗词集》，21 页，湖南人民出版社 2009 年版。

对有重大嫌疑的袁世凯，投入反袁队伍。

杨开慧之父杨怀中，早年参加南学会、不缠足会，是戊戌变法运动的积极参与者，后前往日本求学，在东京高等师范学校肄业，虽大章士钊十来岁，却与其相交甚欢，在章士钊的极力推荐下，得以公费赴英国深造，与章氏、杨守仁三位湖南同乡同在阿伯丁大学就读。①

1911年，杨守仁听闻黄花岗起义失败的消息，又目睹列强妄图分裂中国的惨状，悲愤交加，以致旧病复发，痛苦难忍，遂留下遗书，于是年8月5日赴利物浦蹈海自尽。

类似的例子尚不计其数，当时的省籍观念与同乡之情，是开始迈出湘中的很多知识人的立身之本，章氏也在这一环境中交结了不少杰出之士，他一辈子都极重乡谊。这种情愫，也使得他在面对同乡后辈的求援之时，有着天生的热忱，给予了杨昌济之婿以极大的帮助，虽然他后来守口如瓶，却在当代史上传为佳话。

二、豪杰如云的革命同志

章士钊之走出湖南，既进入了一个见识更加高远的同乡空间，也开启了其晚清末造的革命之旅。

当时清廷身处内忧外患之中，毫无振兴之象，不少趋新知识人由失望进而走向革命，逐渐积聚起革命派的力量。这里面既有很多湖南人，又不尽是湖南人，章士钊的革命空间一时拓

① 袁景华：《章士钊先生年谱》，39页，吉林人民出版社2001年版。

展开来，成为他九十载生命历程中极为靓丽的一笔。

章士钊在两湖书院就读时间不到一年，翌年就前往南京陆师学堂就读，因其国文极佳，深获学堂总办俞明震赏识。不过当时革命风潮日趋激烈，一年之后，拒俄运动发生，上海学生在张园集会，风潮所及，南京学界也奋起呼应，在被压制后，作为学生领袖的章士钊，提出“废学救国”，率领三十多名同学前往上海参加蔡元培组的军国民教育会，出任军事教习，倡言革命，并投书各大报章，一时文字之才更为时人所知。[①]

上海的天地当然比武昌、南京更为辽阔，在此他与浙人章太炎、蜀人邹容、冀人张继趣味相投，金兰结拜。章士钊发挥其文学长材，从日文译介日本志士宫崎寅藏的新作《三十三年落花梦》，改题为《大革命家孙逸仙》，一时洛阳纸贵，凸显了孙中山的革命形象。[②]

因着此书的巨大影响，章氏受聘为《苏报》主笔，连续刊登章太炎等人的反满文章，既使得该报名声大噪，也造成了章太炎、邹容的牢狱之灾，清廷勾结租界当局逮捕了章太炎、邹容，该报亦被查封，章士钊因为主办此案的俞明震宽宥，方才免于追责。

此报被封，章士钊又与陈独秀等创办《国民日日报》，继续鼓吹革命。二人蛰居上海一小阁楼，共用一张旧书桌。后来章氏还回忆这一段因缘：

---

① 袁景华：《章士钊先生年谱》，17 页，吉林人民出版社 2001 年版。

② 章士钊：《疏〈黄帝魂〉》，《辛亥革命回忆录》第一集，243 页，中华书局 1961 年版。

我与陈仲子，日期大义倡。
《国民》既风偃，字字挟严霜。
格式多创作，不愧新闻纲。
当年文字友，光气莽陆梁。

他与陈独秀相互激赏，从清末一起试制毒药、炸弹，到陈氏助章士钊创办《甲寅》杂志，期望“办十年杂志，全国思想都会改观”，陈独秀在“五四”期间因散发传单被捕，章士钊奔走营救，痛陈“每当文网最甚之秋，正其国运衰歇之候”，呼唤释放陈独秀。此信当时被《湘江评论》等报章转载，引起了很大的反响。

后来二人的交谊虽然曾中断，但到陈氏被国民党逮捕甚至公诉时，章士钊毅然决然起而为其辩护，尽管当时二人政见虽然不同，“一旦急难，居然援手于不测之渊”。[①]

陈独秀后来流落重庆江津，生活困顿，章士钊时不时予以资助，并与其诗词唱和，有时甚至将整月薪水寄给陈氏，后者有《简孤桐》诗：

竟夜惊秋雨，山居忆故人。
干戈兮满地，何处着孤身。
久病心初静，论交老更肫。
与君共明月，起坐待朝暾。

① 袁景华：《章士钊先生年谱》，30、226页，吉林人民出版社2001年版。

章士钊从来都不是随风附和者。

章士钊因华兴会起义事泄导致随后被捕，出狱之后东渡日本，有些万念俱灰，坦承自己“才短力脆，轻妄致敌”[①]，连累了革命同志，同时也感到革命者学识与抱负并不能相称，逐渐决定走学术报国之路。

随后，他进入东京正则学校攻读英文、数学，试图前往欧洲留学，意志既然决定，哪怕 1905 年同盟会在东京成立这样的大事，他也坚持不参加。章太炎设法让晚清淮军名将吴长庆的孙女、同盟会会员吴弱男去动员章士钊参加，章氏依然不为所动，不料吴氏一下子被章士钊的才华所打动，不久就成为了恋人。孙中山戏言同盟会与章士钊的关系真是“赔了夫人又折兵”。[②]

旅日期间，他编了一部《中等国文典》，以其稿费前往英国留学，在伦敦与吴弱男结婚。后入阿伯丁大学，学习法学、政治学与逻辑学，同时给国内报刊撰文，尤其关注宪政。

当时，国内革命风潮从舆论抨击转向了武装起义。章士钊一直密切关注国内形势，不时发表评论。

辛亥革命胜利，他立刻中断学业，回国后，拒绝了好友黄兴出任内阁总长的邀请，自愿主持笔政，后主持上海《民立报》，同时兼任江苏都督府顾问。

尽管后面章士钊逐渐与革命派保持了一定的距离，但孙中山对其评价极高，认为“革命得此人，万山皆响”。

---

① 章士钊：《与黄克强相交始末》，《辛亥革命回忆录》第二集，142 页，中华书局 1961 年版。

② 袁景华：《章士钊先生年谱》，33—34 页，吉林人民出版社 2001 年版。

三、江湖与庙堂之间

章士钊回国后，由于吴长庆曾经提携过袁世凯，袁世凯以自家人待之，对于章士钊颇为欣赏，试图予以重用，甚至已经发出电文，让其出掌北京大学。

不过，章氏夫人吴弱男对此坚决反对，而同乡好友宋教仁的死更促成了章士钊与袁世凯的决裂，他对于袁世凯残害革命者的言行颇为不满，只身前往上海，代革命党起草“二次革命”宣言书，又替孙中山游说岑春煊，还出任讨袁军秘书长，失败之后，再度流亡日本。

目睹国事的艰难，章士钊创办了《甲寅》杂志，邀请李大钊、高一涵合作。后又执教北京大学，兼任图书馆主任，还引介李大钊进入北大，接替其图书馆主任一职。

此前的旧人岑春煊主持南方护法军政府，邀请章士钊南下，他随后出任军政府秘书长，还担任南北议和之南方代表，这一起起伏伏，使得他对于当时的政治制度尤其是代议制有了不少怀疑，认为应该有中国独特的发展道路，比如其以农立国的主张。①

伴随着对立国方式的怀疑，他也倾向于扶持强有力者来再造政治体制，针对大家颇为诟病的国会贿选，章士钊主张毁弃国会，这赢得了段祺瑞的好感，于是章氏跟段祺瑞有了不少交集，出任段祺瑞执政府的司法总长，旧友吴稚晖对此大不以为然，

---

① 章士钊：《草新湖南案成放歌》，《甲寅》1925年第1卷第22期。

认为“章此番跌入了粪坑深处”。[①]

后来为了维护段祺瑞执政府，章氏推行了不少惹人争议的政策，跟当时学界很多旧雨都有了不少的距离。这一段经历，由于革命声浪的发动，群众运动益发高涨，章氏作为政府要员，面临着巨大的压力，不少举措现在看来虽然有理却跟时势有越来越远之态。

段祺瑞后被冯玉祥之国民军驱逐下台，章氏也出走天津日租界，继续出版《甲寅》周刊，反对新文学运动、新文化运动，反对白话文，反对“欧化”，虽然遭到很多人反对，但章氏依然故我。

1927 年 4 月，李大钊在北京被张作霖逮捕，他本来劝李大钊之子办理苏联护照，并让李大钊奔赴苏联，李氏颇为迟疑；他又利用与张学良、杨宇霆的关系，奔走营救，后因张作霖阻挠，李氏惨遭屠戮。国民革命军进入北京，章士钊因系段祺瑞阁员被通缉，遂又赴欧洲游历。

这一段经历相对而言，是章氏较为灰暗的时光。加上当时轰动一时的与鲁迅的官司，在晚年一直是其心病，后经过高层调解，方才慢慢化解。

1930 年，张学良邀请章氏出任东北大学文学院教授。“九一八”事变后，章士钊回到上海，被海上闻人杜月笙奉为上宾。不久，正式挂牌当律师。

1932 年 10 月，陈独秀、彭述之在上海被国民党逮捕，章士

---

① 袁景华：《章士钊先生年谱》，157—158 页，吉林人民出版社 2001 年版。章士钊与吴稚晖交往甚多，也曾经给吴氏创办的《新世纪》报撰稿。

钊主动请缨为其辩护，其“辩论状”以孙中山“三民主义即是社会主义”的语录作为话头，阐述政府应当容忍不同政党之理论，一时中外报纸竞相登载，其辩护词还被不少名校的法学系列为必读教材。

四、诗友饮河

章士钊在逻辑学、法学方面卓有成就，在文学方面也有不俗的造诣，钱基博曾以为，“而别张一军，翘然特起于民国纪元之后，独章士钊之逻辑文学，胡适之白话文学耳”，其政论文更是为胡适所推崇，以为是继梁启超之后极有影响的政论高手。

除此之外，章士钊的艺术成就却不太为人所知，他书法成就颇高，当时即享有一定声誉。

章氏书法早年师法二王、黄庭坚，兼及苏轼、米芾，精于行楷及隶书，气质内敛而不露锋芒，自成一格。当时由于其书名，加之其名气，不少商家即找其写招牌，索字者甚众。陈独秀对侪辈的书法少所许可，但对章氏的书法却评价极高，其书法所散发的清劲之气，在学人书法中很有特色。

章士钊喜欢写诗，但不以诗名。抗战时期，章士钊在重庆有更多时间赋诗作书法，留下了很多纪游诗，书法的境界也有了较大提升。

诗词方面，他传世有《论近代诗家绝句》一卷，对跟自己有接触的诗人进行点评，这也几乎成为他的诗友，其中包容面极广，也可以说是其文友的集合。

旅居重庆时期，章氏诗兴大发，曾组织饮河诗社，以当时享誉一时的《饮河集》诗刊为根据地，名家如云，极一时之选，留下了不少唱和的诗作，成为一段诗坛佳话。

他与亲友之间的函札，往往也是诗札，留下了不少对于往事的追忆，其中他与潘伯鹰的交往更是极为频繁，留下了书札无数。

二人谊兼师友，情同手足。章士钊激赏潘氏的才华，曾有“风流吾爱潘怀县”的题诗，认其为“生平第一知己”。潘伯鹰幼习经史，16 岁应县试名列榜首。西学功底亦极为深厚。作为举世公认的书法名家，被誉为“二王书风的积极追慕者”。

他早年就师从章士钊学逻辑，对章氏的学问与人格极为钦佩，后来一直追随章氏左右。

1931 年，潘伯鹰曾被捕入狱，得章士钊等奋力营救得脱。后与章士钊夫人吴弱男的干女儿何世珍结婚，即使后来潘氏与何离婚，也并未影响到章氏与其的交往。《饮河集》就是潘伯鹰所主编的，潘氏长期在重庆各大报刊发表诗作，后来结集为《玄隐庐诗》，钱锺书曾说其诗作“瓣香山谷”，而到了晚年更是渐趋化境。

潘氏长期辅助章士钊，1949 年章士钊参与国共和谈，潘氏担任秘书。

潘伯鹰后来记叙章氏重庆岁月曾说：“长沙章行严先生，以赴国难而至蜀。居蜀始为诗，大导其源，所咏最富，并世作者莫之与京。忆自重庆艰危之际，《饮河集》一纸初刊，至今十载矣。”潘氏这一时期诗作颇为精当，诗名大盛。

章士钊在重庆时期，结交了不少后辈，其中既有诗词唱和，又有学问商量，不少人后来也成为其少年学友，可谓其生命中颇为闲暇的一段记忆。

五、余论

章士钊交游遍天下，其留学生涯既有日本，又有英国，不可谓不广阔，其朋友更是三教九流，无所不包。不过，在这四海之内皆兄弟的后面，却有着他自己一以贯之的原则，其中讲义气、重交情占有很重的分量，世间所谓的评价他往往在所不计。

所谓“誉满天下，谤亦随之”，坊间曾有人对章氏人际交往过于广泛，有过些许微词，不过许宏泉先生的一个说法却值得我们留意。

章氏晚年，常在史家胡同家中书房抽屉中放置一叠厚厚的钱，以便周济随时来求助之人，“苦难在身，孤桐老人每每会拉开抽屉，捻出一摞钱来塞进信封，一尽绵薄心意”，“那抽屉里的几千元钱，真不知道帮助了多少人多少家庭，度过难关。这种情形，一直延续到他去香港”。而他念兹在兹的是，自己的月入毕竟有限，而需要援助的人却越来越多。[①]

周作人晚年危难之时，他不念旧恶，尽力相助，古道热肠，让人感动。类似的例子，在那个特殊而动荡年代，人人自危而力求自保尚不暇，章士钊不顾年迈，尚尽力扶助了不少旧人及

① 许宏泉：《章士钊：孤桐不孤》，《书城》2008 年 11 月号。

其后辈。

如果说盛年时期的章士钊好交游还有好名一说，那么到了晚年，身体与处境皆大不如前，还如此关照故旧，那的确印证了其内心真挚的善念。恰如当年他为旧友陈独秀义务辩护，时人称赞其“古道可风”。

时穷节乃见，章氏的人际网络，在岁月的光影中，激荡出亦儒亦侠亦风流的人格魅力，也映射出那个大时代的历史氛围，那一代人的风骨，那种高自标持的操守，在浮泛而躁动的当下，显得弥足珍贵。当然，乱世之中的多种选择，也是一个值得留意的现象。

原载《中国书法》2018 年第 1 期

傅斯年：以五四为坐标

傅斯年的生命中，五四是一个极为重要的坐标。五四可以没有傅斯年，傅斯年却不能没有五四，以及他背后的母校——北京大学，这是他生命中沉甸甸的一幕。消费主义时代的来临，使得五四的精神气质除了每年五月的纪念性，似乎已经黯然退隐。然而，重访傅斯年的五四状况，无疑可以给我们疲软的精神氛围嵌入某种他者叙事，在默默无语的时代消声器面前，呈现你我与家国的前尘往事。

没有童真的孩子

与傅斯年亦师亦友的胡适，很早就没了父亲，在胡适的记忆中，那种刻骨铭心的有些过火的自尊，似乎使他很早就特别懂事，以至于偶尔的流露出一点点儿跟其他儿童一般的玩性，也会在邻里的笑话中，迅速收敛起来，“作圣”的心态远远压过了“率性”。

这在傅斯年可谓感同身受，因为乃父在傅斯年九岁那年即去世，傅斯年更多是跟寡母、幼弟相依为命。由于父执辈的慷慨相助，傅斯年早年得以进入名学堂就读，加之祖父的古典熏陶，看似不幸的傅斯年，却积淀起迥异于同侪的学问厚度。当然，或许庭训也使得他根子里那种“华夷之辨”始终挥之不去。

英达的爷爷英千里，很久之后回忆曾与傅斯年在天津生活过的一段时间，当时傅斯年在天津府立中学堂读书，在幼年英千里眼中，“这位十四岁的傅大哥是个魁伟而庄严的‘大人’。他每天下了学除了温习功课外，就陪着先父（指英敛之——引者注）谈论一些中外时局或经史文章，绝不肯同我这‘小豆子’玩耍或淘气”，所以幼年英千里对他只能敬而远之，这种心理英千里晚年“还没有完全撇掉”，可见傅斯年之老成（英千里母亲语），给了同辈与弟妹不小的压力，知识广博，似乎也显得有些“作圣”，不是那么和蔼。

傅斯年日后主持中研院历史语言研究所，对于青年后进督促甚严，甚至传闻后辈见到他，有如老鼠见了猫，而且是只胖猫（傅先生体态颇丰），这无形中印证了傅斯年早年的成长经历。

父亲的过早去世，加上祖父的作意栽培，使傅斯年早早就显得格外懂事，似乎除了一次醉酒与面对日寇的侵略之外，傅斯年很少发表过满的言论，这可见他内心的一种克制。

在旧北大砥砺

蔡元培之前的北京大学，不乏被人刻意作古与矮化的意味。至少，当时主事者皆一时之选，而学生中也出了不少俊彦。

1913 年夏，傅斯年考入北京大学预科。

那时的北大预科，分为甲乙两部，甲部偏重数理，乙部偏重文史。傅斯年身体虽然欠佳，但学习极刻苦，加上聪颖，成绩全都名列第一。此时，傅斯年所注重的，更多是中国的旧学，要通当时所谓的“国学”的全部，他心中潜在的大师就是国学大师章太炎。尽管随着跟进的速率越来越加强，傅斯年对于章太炎及其弟子有了新的认识，但其实正是由于登堂入室，所以才能看得清楚其中的弊病。

在傅斯年的中文系本科同学伍俶眼中，这个大胖子有点儿特别，因为老师的眼睛老是注意到他的身上，课桌上放了几册章太炎的著作，上面有不少红色的批点。下课后，他周围会围上一圈同学，谈笑风生，夹杂些笑声，不少同学认为傅斯年是“孔子以后第一人”，也有人说他是黄河沿岸第一才子。

胡适认为，他刚刚留学归国到北大任教，当时一些学生的学问是比他还来得深一些，傅斯年就是其中之一，还有他的室友顾颉刚。

还未走出校园的傅斯年，已经承载了太多期待。

天资卓荦的傅斯年，以满腹经纶与多年苦学在北大赢得刘师培、黄侃等旧派的赏识，目为衣钵传人。

然而，随着蔡元培出掌北大，傅斯年的学问生涯渐渐暗潮涌动。

新文化劲风拂动

傅斯年大一那年冬天，民国首任教育总长蔡元培开始执掌北大。

蔡元培在就职演说中，对学生提出三点要求：一曰抱定宗旨，二曰砥砺德行，三曰敬爱师长。将“抱定宗旨”置于首位。他认为“大学者，研究高深学问者也”，要求学生从此以后，要抱定为求学而来的宗旨，“入法科者，非为做官；入商科者，非为致富”。此后蔡氏更明确地指出：“大学为纯粹研究学问之机关，不可视为养成资格之所，亦不可视为贩卖知识之所。学者当有研究学问之兴趣，尤当养成学问家之人格。”

不过，蔡元培心目中的学问，已经远不止于中国旧学，他广求知识于世界，引进西学，大大拓展学问的门庭。这些新样态的迅速引入，使得老先生们掌控的北大，逐渐不再平静。

二十岁出头的傅斯年，由于对西学的敏锐与见识的通达，使得新派的陈独秀、胡适诸人对他青眼有加。傅斯年本年而不同系的同学罗家伦就记得，他和傅氏在选课上都自由发挥，甚至有些贪多务得，彼此跨系选课，经常一起同堂上课。课堂之外，他们时常去新文化运动要角胡适的家中，由客客气气地请教问题，到肆言无忌地争论辩驳，在教学相长之中，傅斯年被慢慢拉入新文化运动的阵营，成为文学革命的有力拥趸。

师友砥砺之风，罗氏颇为怀念，“那时候学生物质的生活非常朴素简单，可是同学间的学术兴趣却是配合成一幅光怪陆离的图案”。

不过，这段平静很快就被时局所掀动。蔡元培的方案看似波澜不惊，其实是在旧瓶中不断注入新酒，新酒的不断增加，慢慢将旧酒的空间挤出，无形中演化成一场文化革命。

学界的竞逐之外，尚交织着社会与国运的苦痛，民国虽然诞生，但距离真正的共和之梦还相差甚远。傅斯年对此忧心忡忡，试图从社会革命的立场着手，将他所理解的俄国革命方式嵌入民初中国社会，这一方案是直接源于李大钊的影响，还是来自其他途径，至今依然是谜，不过这一选择目的与手段之间的歧异，却很少见到有力的分疏。

这是傅斯年在主持的《新潮》杂志中的主张。

1918年夏，傅斯年约集同学罗家伦、毛子水等二十人，创立新潮社，筹办《新潮》杂志。这份杂志是向傅斯年等人的老师辈所办《新青年》致敬之作。

此时的傅斯年，对于国民性有着独到的观察，认为“中国群德堕落，苟且之行遍于国中”，力图从中等学校学生着手，从修学立身上对其予以引导，其针对的目标读者跟《新青年》有不少差别。

傅斯年甚至将中国人与中国狗相提并论，以为二者的劣根性皆误人甚大。在他看来，社会革命的最终目的不是造成“全国一盘棋”，而是令污浊的社会得以淘洗，在“造社会”之外，好使世道人心进入正轨，人性的光辉由此闪亮。

新文化运动时期不到一年之内，傅氏铺陈了五十篇社会评论，几乎等于其后来所有时评的总和，这些思想因子与时代潮流的激烈碰撞，至今读来仍然动人心弦。然而，社会并未随着五四的呼告而回归正轨。

这些激烈的言论，使得《新潮》的锐气大大超过了《新青年》，《新潮》第一卷第一期甚至不断重印，销售量有一万三千册，后面不少期数更有一万五千册的销量，有时甚至远迈《新青年》之上。《新青年》杂志的重要参与者胡适的一位朋友就认为，《新青年》中颇有“一知半解，不生不熟的议论，不但讨厌，简直危险”。胡适也承认，“《新潮》杂志，在内容和见解两方面，都比他们的先生们办的《新青年》还成熟得多，内容也丰富得多，见解也成熟得多”。

《新潮》同仁利用第一次世界大战期间外汇非常便宜的契机，大量邮购外文书，以致读外国书演化为新潮社同仁的共同嗜好，这些新思想又很快衍生为《新潮》的相关内容，传导到其读者脑海。国外思潮如此快捷地进入国内读者视野，跟当下的频率似乎已很近似。

傅斯年这段日子意气风发，不免有点儿恃才傲物，与自视甚高的罗家伦有时不免冲突，因争辩而吵架，有一次甚至吵得三天见面不讲话，然而不久又和好如初。共同的理想在青年傅斯年心中，一直最为可贵。这与 20 世纪 30 年代北大文科学生之间的氛围似乎大不相同，后来成为魏晋南北朝史大家的何兹全先生回忆，30 年代的北大同学，“一个个都好像是大丈夫，神气很不凡。不仅同坐一堂，很少交谈，甚至同住一间宿舍，几年也不交谈”，使得何先生很是烦闷。相隔十余年，风气竟然如此不同。

激情五四：行动后的反思

五四运动不久，傅斯年给他北大同学、任职清华学校的袁同礼写信，颇为深入地谈到不少问题。傅斯年提到：“自从五四运动以后，中国的新动机大见发露，顿使人勇气十倍。”

在《〈新潮〉之回顾与前瞻》一文中，傅斯年认为："我觉得期刊物的出现太多了，有点不成熟而发挥的现象"，"厚蓄实力一层也是要注意的，发泄太早太猛，或者于将来无益有损"，他提醒他的同志扎实工作，以便"在十年之后，收个切切实实的效果"。

作为五四运动的健将，傅斯年似乎已经在这场运动刚刚爆发不久，就在反思为何运动由高潮渐趋低落，以及其泛政治化的转向。

五四运动爆发前夕，北大学生数百人在北大二院礼堂开会，商讨第二天游行示威之事。

傅斯年被公推为二十个代表之一。1919 年 5 月 4 日上午 10 点，北京各校学生代表集会公推傅斯年为主席。

作为游行总指挥，傅斯年亲率学生前往赵家楼，打进曹汝霖的宅邸，也就是在那里，"火烧赵家楼"之火得以点燃。傅斯年最初并不赞成同学们过于激进，劝说未果，才率众前往，不过对"火烧赵家楼"一事颇有保留。翌日，傅斯年甚至与激情过头的一位同学打了一架，大怒一场，发誓不到学生会工作。不过依然无法割舍，在一旁不断鼓劲。

冷静之后，已经毕业的傅斯年准备留学，他在山东官费留学考试中尽管成绩优异，却因为是五四运动的健将而遭到主考官的质疑，被定位为"激烈分子"与"不是循规蹈矩的学生"，幸得陈雪南先生力争，方才放行。

他在《欧游途中随感录》之《北京上海道中》一文中提到："社会是个人造成的，所以改造社会的方法第一步是要改造自己”，“我现在对于青年人的要求，只是找难题目先去改造自己。这自然不是人生的究竟，不过发轫必须在这个地方。若把这发轫的地方无端越过去，后来就有貌似的成就，也未必能倚赖得过”。“人生的真价值，现在看来，只是就其‘端’扩而充之，待后来充满了，作一个相当的牺牲”。

留学异国途中的傅斯年，面对大战之后的欧洲，正由战前的狂飙突进转入反思阶段，他的观察变得越发理性与克制。

不过，这种克制，却丝毫不意味着退化，而是慢慢深沉为一种美酒，在傅斯年心目中，“人的精神的大小简直没法量他出来，以强意志去炼他，他就可以光焰万丈。所以，愚人未尝不可做不朽惊天的事业。不炼他，他就会枯死。所以，虽清风亮节的人，常常不生产一点东西”。

“莫谓书生空议论，头颅掷处血斑斑。”这是红色报人与历史学家邓拓借东林党人的铁骨铮铮，颂扬书生的爱国情怀。这好比傅斯年心中的万丈光焰，经由五四精神的洗礼，那种意气与胸襟，在理性与血气的烘托下，可谓光焰不灭。

原载《中国民商》2013 年第 5 期

傅斯年生命的最后一刻

五四时期，星汉灿烂，傅斯年少年成名，为师友所倚重，在当时声名显赫，学问与文章皆可圈可点。

后来他留学欧洲，回国办研究所，做学问，当大学校长，在学术界风靡一时。作为知识分子，他既与国民党关系密切，又不时对政治腐败与国计民生提出尖锐的批评，一时舆论为之瞩目。最为知名的是在《世纪评论》发表《这个样子的宋子文非走开不可》，对宋氏的贪婪进行激烈批评，迫使宋氏不得不辞职。

得知南京即将易主，一直病痛缠身的傅斯年，甚至想过追随陈布雷、段锡朋之后，以无量安眠药，了断余生。只是世势的催逼，使得自杀都俨然成为一种奢侈。刚刚给北大收拾出一番新容颜，因教育事务繁重，他得了严重的高血压，不得不赴美治病，住院三四个月后方有好转。医生嘱其归国后不要有过多行政事务，以静养为主。可是时势紧急，人才匮乏，回国不久，他又被任命为台湾大学校长。对于此次任命，他并非没有顾虑，但最终顾念旧谊，赴台就任。

入主台大之后，他首先提倡学生的心性之学，培养学生的浩然之气。他重视成绩的考核，奖优罚劣，平时功课很紧，大一功课更是让人应接不暇。学期测试异常严格，有各种奖励办法鼓励学生勤学，校风很快好转。另一个重心就是千方百计维持台大校园的安定，对于学生的膳宿问题尽量解决，清贫而优秀的学生绝不会失学。

他还尽力寻觅优秀的教授，对于聘任极为重视。招考新生，唯才是举，绝不允许情面通融。

学生们不仅乐于向学，也对他极为信任。

本来，台湾大学在他的努力维系下，不久就进入正轨，正可以高歌猛进，不曾想一次小小的事件却夺去傅斯年的生命。

压倒傅斯年的最后一根稻草是台湾省参议员的无理纠缠。

当时，台湾粮食紧张，即使是台湾大学学生也吃不饱，傅斯年作为校长，一有机会，就会给学生办交涉，为他们争取增加菜金，要求在春节、端午和中秋给学生加菜，尤其是挑选最肥厚的猪肉，让这些青年人能有一顿好饭。

不少学生患了肺病，他特意在操场盖了一排小屋，供这些学子居住，为了避免蚊虫叮咬，还装上窗纱，又专门给他们每人每天一颗鸡蛋与一小瓶牛奶，可谓无微不至。

1950 年 12 月 20 日，上午，傅斯年出席了由蒋梦麟召集的农复会的一次会议，提了不少意见。下午二时，由于台大教育器材失窃，部分奖学金有被移作宿舍内部工程之用的指控，傅斯年又前往台湾省参议会接受参议员郭国基的质询。

其实宿舍一事，傅斯年原计划是楼上每间住十二人，楼下房间全部用于学生读书，但学生觉得不方便，于是楼上楼下每间都住六人，其余空间可以放书与行李。

郭国基对此不依不饶，提出“学生睡上下铺，为什么不能每个房间都住十二个人”。傅斯年说，如果这样，学生书桌无处放。针对傅斯年提出修临时教室，郭又提出教室白天上课，晚上不上课，似乎觉得教室晚上可以用于作息，傅斯年心情极为激动，“我们的教员当然不能白天晚上都上课，但我的学生是流民吗？我们又不是流民收容所！”话音刚落，傅斯年脑溢血突发，说声“不好！”瞬时昏倒会场，送到医院，不久就惨然病逝。蒋介石下令动员所有名医抢救，依然无力回天。

郭国基则潜逃，谎称逃回宜兰，实则潜伏起来。学生群情激奋，要求政府还其傅校长，甚至差点引起军警干预。无奈一代雄才竟然在内忧外困中与世长辞。

尽管傅斯年执掌台大仅仅700余天，可台大人始终将他视为“台大的守护神”，为了纪念他们这位创校校长，台大特意将其骨灰埋在校园中，并且树立了一座傅园，让他们的老校长伴随着心爱的学生成长。傅斯年的去世，不仅是他个人和家庭的不幸，也是台大的不幸，胡适曾给傅夫人说，有人曾动员他接替傅斯年，“为亡友，为台大，我确曾考虑过，但我没有孟真的才能。他那样才大心细，尚不免以身殉校，我最不能办事，又最厌恶应付人，应付事，又有心脏病，必不能胜任这样烦难的事，所以我坚决辞谢了”。他推荐当时的台大教务长钱思亮接任。

不久启用的傅钟，则俨然成为了台湾大学的象征，每堂上下课都会钟响二十一声，这源于傅斯年曾说过：“一天只有二十一小时，剩下三小时是用来沉思的。”

写于2006年秋

钱穆的人生观

国学大师钱穆先生自学成才，其著作近年更是成为“国学热”中的清凉散，文字清新，眼界宏阔，成为不少人亲近传统的门径。钱先生的弟子孙国栋，研究唐宋史颇有心得，早年在香港新亚书院时曾追随钱先生左右，钱先生的不少嘉言懿行由此得以记录，给我们透露出钱先生学问之外的另一个世界。

某次在火车上，钱穆对孙国栋讲了他游南岳衡山的经历，其实这个故事钱先生在课堂也讲过。第一次南岳之行，钱穆发现了一座很独特的寺院，庙宇森严，格局开阔，“使人起一种安详宁谧而和平清静的感觉”。不曾想，抗日战争爆发，日军的炮火把南岳的寺院近乎都毁坏了。抗战结束，钱穆重游南岳，原来的寺庙换了新的方丈，他围着寺院遍种夹竹桃。当时气候宜人，夹竹桃盛开，游人如织，无不称赞夹竹桃之美丽。

面对眼前的繁华，钱穆却心中一沉，“愀然不乐，觉得这寺院没有前途了”，他认为，“夹竹桃最高不过三丈，寿命最长不过三十年，则三十年后，此寺仍是一无所有。方丈是一寺的主持人，他应该为该寺院种松种柏。松柏寿可千年，高可千尺”，可怜这位自得其乐的新住持，为了眼前一时的繁华，放弃了看似更加迂阔的松柏种植计划，眼光如此短浅，寺庙的发展或许也前景堪忧。

此事钱穆不仅多次给新亚书院的学生提及，而且专门写进了其回忆录《师友杂忆》。当时钱先生双目已经失明，他对此再三致意，无疑想提醒世人，“风物长宜放眼量”，未来的世界方是最值得期待的。

还有一次，钱穆命孙国栋研读其著作《国史大纲》，面对孙的懈怠，钱穆显得格外生气：“你完全未领会《国史大纲》的作意。你为什么两天只看了百余页？”孙推托说：“因为最近很忙。”钱穆怒斥他：“现代的学生，躲懒读书，常用最近‘很忙’为藉口，朱子说做学问要有‘救火’‘追亡’般迫切的心情，排百事而为之，然后才有可成，哪里能够闲闲散散地读书。我这所研究所是要找些能献身于学术的青年，你既已愿献身于学术，哪里能因些俗务而荒疏学业。”

这一经历让孙国栋记忆犹新，内心暗地惊叹“这位老师真严，但我很佩服他。我觉得现代一般大学教授，只会阿谀学生，讨好学生，哪敢严正地申斥学生，像钱师这样的老师，实在难得”，所以此后的研读计划都尤其认真，也慢慢体会到钱穆的良苦用心。钱穆也时常鼓励他“为学必须奋勇，自力向前，尤贵坚忍沉着，专心致志”，后来孙国栋在唐宋政治史研究领域成果极为丰硕。

无独有偶，抗战期间，日军铁蹄踏破了民国知识界的学术计划，诸多大学被迫向西南、西北迁徙，连武汉大学也被迫西迁到四川嘉定，钱穆曾应邀在武汉大学讲学一月，广受好评，学生甚至打着火把赶路前往听讲，后来者往往一席难觅。讲学期间，钱先生遇到两位很聪明的学生，他劝第一位留校做研究，但学生犹豫多时说要去办一袜厂赚钱。钱穆见其意志不坚，必难有成，于是果断放弃；第二位是严耕望，聪明而内敛，意志坚定，钱穆知他必然有成，留他继续研究，果然，完成了几部政治史研究的巨著，享誉海内外。第一位后面也出了几卷文集，可是多拉杂写成，似乎并无多少成就。

在《湖上闲思录·无我与不朽》中，钱穆认为，“因为无我，所以才不朽”，“凡属超我而存在，外于我而独立，不与我而俱尽的，那都是不朽”，中国古人“说立德、立功、立言为三不朽，凡属德、功、言，都成为社群之共同的，超小我而独立存在，有其客观的发展。我们也可说，这正是死者的灵魂，在这上面依附存在而表现了”，他提示我们，成功不必在我，聚焦于众人之事，超越小我，人生庶几可以不朽。这里面其实关系着如何处理小我与大我的关系，甚至小我可以透过大我而存在。

钱穆以其自身的表率与作育弟子的心得，为我们勾勒出一代国学大师的人生观。在那个动荡的年代，学问、人生与家国都危在旦夕，而当下我们的学问与人生，则面临着消费主义时代的冲击，所谓的象牙塔已经有些手足无措，如何平衡个中的问题，寻找自我的救赎之道，钱穆的经历或许值得我们深长思之。

原载《北京晚报》2016 年 9 月 9 日

钱穆静坐养生

国学大师钱穆一生经历坎坷，但是最终得享高寿，桃李遍天下，著述近1600万字，作为近代中国最为长寿的人文学者之一，他有一套独到的养生心得。这其中最为重要的就是静坐，从其经历可见其中奥妙。这既关乎一代学人的养成，又能见证当时的世运，姑为之解析，期待于读者认识近代史事与日常养生有所助益。

静坐之功在清末民初尤其流行，历任民国教育部秘书长、江苏教育厅长、东南大学校长等职的蒋维乔，由于少年时体弱多病，加上染上不良的生活习惯，身子越来越差，遂试图通过静坐来养生，后来总结自我的经验成为《因是子静坐法》，自1914年出版以来，畅销全国，甚至流传到欧美、东南亚诸国，再版数次。

后来，蒋氏又撰写了《因是子静坐法续编》，风靡一时，全国上下静坐成风。由于暴得大名，加上五四运动前后青年学生对于自我与身心都充满了好奇心，蒋维乔在教育部就职时，就被北大学生邀请去演讲静坐法，后来广受追捧。北大学生自发组织了北大静坐会，由蒋维乔负责具体指导。这一做法当时受到了鲁迅的批评，认为蒋氏“讲鬼话，把科学东拉西扯，让科学也带了妖气”。

在这一股静坐之风之下，钱穆就是其中的追随者，当然，钱穆也有可能受到了理学大师王阳明的影响。王阳明曾说“昔吾居滁时，见诸生多务知解，口耳异同，无益于得，故教之静坐，一时窥见光景，颇收近效”，“静坐要省察克治，静坐能使心清静收敛，从而向人欲发动攻势，克服自我私欲产生，通过静坐能顿悟明心见性，得道成真”，就揭示了他修习静坐法的益处，而且在后世得到了很多的继承。

钱穆在回忆录中讲到其早年修习静坐法的经验，颇让人吃惊。一次在为逝者守夜时，他正在静坐，“忽闻堂上一火铳声，一时受惊，乃若全身失其所在，即外界天地亦尽归消失，惟觉有一气直上直下，不待呼吸，亦不知有鼻端与下腹丹田，一时茫然爽然，不知过几何时，乃渐复知觉”，初次感受到静坐的魅力。

钱穆对此颇为着迷，“锐意学静坐，每日下午四时课后必在寝室习之”，“习静坐功夫渐深，入坐即能无念。然无念非无闻。恰如学生上午后第一堂课，遇瞌睡，讲台上教师语，初非无闻，但无知。余在坐中，军乐队在操场练国歌，声声入耳，但过而不留。不动吾念，不扰吾静。只至其节拍有错处，余念即动。但俟奏此声过，余心即平复，余念亦静”，越到后面，已经极为熟练，身心也有了不小的变化。

风气所及，其乡里静坐之风也很盛，某次钱穆在渡口等船，旁有一老者认为钱穆必有静坐之功。钱穆询以原因，老者曰：“观汝在桥上呼唤时，双目炯然，故知之。”可见不仅是小辈，不少年长者也对此颇为熟悉。这既延续了古代养生的方法，又有着当时西方心理学传入的背景，钱穆更是将其当作了一种养生与修身之间的兼容之术。

钱穆第三任妻子钱胡美琦回忆，她与钱穆刚刚结合时，钱穆“整天在学校，有应付不完的事；下班回家一进门，静卧十几分钟，就又伏案用功。有时参加学校全体旅游，一早出门，涉海、爬山，黄昏回家，年轻人都累了”，但钱穆却只休息十几分钟便可以伏案工作。

钱胡美琦觉得奇怪，便询问原因，钱穆说都是因为有静坐之功。年轻时他对静坐曾下过很大功夫，将静坐法之中的“息念”功夫运用纯熟，乘车、行路都用心“息念”，所以能精力充沛，很快进入工作状态。

钱穆对静坐的时机与地点也有很多讲究，他说：“静坐必择时地，以免外扰。昔人多在寺院中，特辟静室，而余之生活上无此方便，静坐稍有功，反感不适。以后非时地相宜，乃不敢多坐。”因为静坐之中，一旦被人惊扰，后果就相当严重，这也是他不敢轻易将此事传与他人的原因。

钱穆的同龄人郭沫若留学日本时，因为神经衰弱，受到王阳明的影响，也修习了静坐法，后来身体有了很大的好转。郭氏特撰《静坐的功夫》，认为“静坐这项功夫，在宋明时代，儒家是很注重的，论者多以为是从禅而来，但我觉得，当溯源于孔子的弟子颜回，因为《庄子》上有颜回坐忘（即静坐）之说”，对这一个脉络进行了生动的总结。

难能可贵的是，钱穆还从静坐领悟到，“人生最大学问在求能虚此心，心虚始能静。若心中自恃有一长处即不虚，则此一长处，正是一短处。余方苦学读书，日求上进。若果时觉有长处，岂不将日增有短处？乃深自警惕，悬为己戒。求读书日多，此心日虚，勿以自傲”。

在这里，静坐法就不仅仅是一种简单的养生术，而且升华到培育心性的层面，与光绪皇帝的老师翁同龢“每临大事有静气，不信今时无古贤”的联语颇为相近，钱穆一生在面临很多重大关口时，往往能从容抉择，甚至不惜冒险犯难，不能说跟修习静坐法没有一点关系。

钱穆所终身修习的静坐法，在现代科学的验证下，是有一定的科学依据的，但这也往往因人而异，令我们感到惊奇的是，一代史学大师在其不长的晚年回忆中对此再三道及，这无疑是其生命史之中一段有趣的经历，再联系到当时诸多名人的相似遭遇，无疑为我们解读当时的身体史提供了丰富的素材，而其中折射出的调理身心的重要性，也值得我们再三致意。

如果能否进一步，通过调理身心，使得当下文化人能够“每临大事有静气”，那更是文化塑造与文化复兴的福音。

原载《北京晚报》2016 年 12 月 9 日

张荫麟情史

历史学界公认，很难出现年轻的历史学家，由于需要积累很久，要学有所成，必须要四十岁甚至五十岁才能有较大的成就，那些史学名著的写就似乎也的确经过了漫长的岁月。不过，张荫麟却是个异数。

张荫麟，广东东莞人，号素痴。出生于官宦之家，1922 年毕业于广东省立二中。次年，考入清华学堂中等科三年级肄业。由于聪颖过人，积学有年，很快就在《学衡》杂志第 21 期发表《老子生后孔子百余年之说质疑》，针对乡前辈、史学大师梁启超观点提出异议，梁启超不以为忤，反而对其青眼有加，“善加辅导，俾成史学界之瑰宝”。

他在清华七年，与钱钟书、吴晗、夏鼐并称“文学院四才子”。以一个本科生，先后在《学衡》《清华学报》《东方杂志》《燕京学报》《文史杂志》《国闻周报》等知名刊物发表论文和学术短文四十多篇，深得当时史学界称赞。赴美国斯坦福大学攻读研究生之时，已经名重一时。

陈寅恪将其视为自己的学术传人，多次揄扬，以为“其人记诵博洽而思想有条理”，“必为将来最有希望之人材”。以狂著称的熊十力，在张荫麟去世后，不由感叹：“张荫麟先生，史学家也，亦哲学家也。其宏博之思，蕴诸中而尚未及阐发者，吾固无从深悉。然其为学，规模宏远，不守一家言，则时贤之所夙推而共誉也。”

可惜的是，在抗日战争的国难声中，满怀着不甘，张荫麟因病在遵义浙江大学去世，年仅三十七岁。

吴宓惊闻张荫麟的死讯，于1942年10月26日日记感叹：“英才早逝，殆成定例。宓素以荫麟为第二梁任公，爱其博雅能文，而惜其晚岁《中国通史》之作，创为新体，未免误入歧路。且未卒业而殂逝，亦与任公同。至一九四〇年因爱容琬而与妻伦慧珠离婚，终则琬乃回北平，嫁一协和医士。荫麟于是抑郁烦躁。”

吴宓日记中所说“伦慧珠”是张荫麟早年家教的女学生，父亲乃广东东莞籍著名藏书家伦明，伦氏藏书有三秘诀：“以俭、以勤、以恒。”为了购书，省吃俭用，积累资金，为了好书，甚至变卖家当，也在所不顾。著名书商孙殿起戏称其为“破伦”。难能可贵的是，伦明不仅仅藏书，还对书籍史有很深的研究，所著《辛亥以来藏书纪事诗》一书，很有价值。

家境贫寒的张荫麟，对他这位女学生颇有好感，锲而不舍地追求，不过从其给忘年交容庚的信来看，这一追求，似乎并不顺利。在张荫麟赴美留学之前，伦慧珠并没有接受张荫麟的追求。张荫麟不依不舍，在美国依然跟她通信，最后伦慧珠才慢慢接受了这段感情。

从其留下的材料来看，或许不解风情与书呆子气十足，是伦慧珠不愿轻易应许的缘由。

1929年2月28日张荫麟与容庚信中提到：

近又接以数函，伊言爱我，但又言不愿结婚。使伊言果为高洁超尘、孤芳自赏、为弟曩昔所想象者，弟方以得与友好为荣，纵为之独身亦所甘愿。惜乎对伊此种幻想今已无法维持，聆伊此言，只有笑其手段太滑而已。……故弟今再不愿流连，亦知一旦割断，彼此都感痛苦。然不此，他日痛苦当更大耳。弟自揆无论如何总不能说有负于珠。……然弟思之终不免黯然自伤。

8月9日写道：

她的心理我看得清清楚楚：失了我吗？恐怕将来找不到比我更好的人，以致后悔。得到我吗？又觉得不十分满意。所以彷徨反复，飘摇不定。这根本的原因是她与我没有共同的志尚，对于我的工作不感到什么价值！她所期望的是赀富的物资生活，而我以一□□书生，现时又不能有这样的保证。我现在对她已没有多大留恋。

就在反复的纠结中，二人鸿雁传书，情窦终于绽开。伦慧珠身体瘦弱，在婚前甚至得过肺病。

1934年，张荫麟从美国学成归来，应清华大学之聘，任历史、哲学两系专任讲师。等伦慧珠身体复原后，1935年4月，张荫麟与她结婚。

张荫麟的朋友谢幼伟在分析荫麟的感情时说："天才不是无感情的，他的感情特别丰富。他可以疯狂地爱上一个女人。当他爱她时，他是把她过分地理想化。但结合以后，女人的常态，逐渐显露。他会失望。他会由极度的爱变而为极度的憎。”

不可思议的是，近乎在张荫麟开始这段婚姻的同时，他却又开始与其忘年交，也是他第一段婚姻的见证人容庚的女儿容琬暗生情愫。容琬被誉为北大文学院的“三才女”之一，是张荫麟的仰慕者。荫麟在十年的时间内长期跟她通信、约会，帮她润色文稿。

到了西南联大，张荫麟独住欧美同学会，地址幽静，与昆明其他同事少有往来，与容琬潜伏的爱情小火苗突然疯燃，甚至提到容琬的名字，张荫麟声音都会发颤。

张荫麟的好友、哲学家贺麟在长篇回忆中为老友辩护，说张荫麟如何不忍心伤害这位崇拜者，略显苍白。

另一段爱情真正来临时，张荫麟又选择了退缩，表示要为女方考虑，他想起来远在东莞老家的妻子与儿女，苦劝容琬赴北平与未婚夫，也是容琬的表兄结婚，容琬执意抗拒。

张荫麟甚至将自己的妻子和一对儿女从东莞接到了昆明，可是，在站台等待妻儿前来的当口，他跟贺麟聊起来，对容琬依然念念不忘。

未曾想，张荫麟的岳母和一个女眷也随同起来。原本性情孤僻，不太喜欢家庭烦难的张荫麟，顿时陷入了大家庭的烦劳之中。

伦慧珠到昆明之后，张荫麟屡次责备其烹饪水平不佳，伦无奈，遂决定双方膳食费各自一半，各自负责。可是张荫麟又说自己所食，没有伦慧珠那一份好吃，伦无以对之，张荫麟愤而欲离婚。

其中张荫麟徘徊于伦慧珠与容琬之间心有不甘、暗中找茬的成分也不能忽视。

1940 年 9 月，伦慧珠带着子女重新回到广东，容琬只好前往已经沦陷的北平，与表兄很快成婚。

处于战时的交通之险阻，超乎凡人想象，张荫麟的进退两难，使得两个对其颇多眷恋的女子，一往北方，一往岭南，在忧愤与不舍中奔波。

张荫麟原本蓄积了五千多元，因为要伦慧珠及其子女来回奔波，加之在昆明安顿，一时消耗殆尽，在昆明也沦为笑柄。

张荫麟曾感叹“爱是要有一番精神的，爱的生活异常紧张，不是好玩的事”。可是，爱情的闸门他似乎喜欢不断开启，却又无法承担这背后的重负。

何兆武先生在谈张荫麟的文章中认为：“战时在昆明，颇传说张荫麟先生钟情于容琬女士。曹美英（当时不是我妻）有一次问她，有没有这回事，容琬女士回答说：‘哪有这回事！都是张荫麟犯神经。他那么大岁数了——又有老婆孩子（张先生已有二子），怎么可能有这种事？’不过张先生这方面却为此事而倾心动魂。”

容琬这一事后否认，却无法消弭张荫麟师友之间颇为肯定的言论，至少张荫麟热恋她是真切的，谢幼伟甚至说张“在遵义，也似有追求的对象”。

贺麟曾说，荫麟除了学术研究，就是渴慕纯真的爱情，“天真纯洁，出于至情至性，牺牲一切，在所不惜”。

1942 年 10 月 24 日凌晨，张荫麟病逝遵义，死时，身边没有一个亲人。

伦慧珠在《大公报》上读到张荫麟的死讯，“当时晕过去十多分钟。醒来后我希望这是一个梦”，叹息“我们把有限的宝贵的韶光辜负了。他憎恨着我，我仇视着他，以为还有个无限的未来给我们斗气呢！结果彼此抱恨终身！”

阴阳两隔，国难尤艰，这一痛楚，对于伦慧珠与儿女而言，显得格外漫长。

数年后，伦慧珠再婚。

抗战结束，浙大复员回到杭州，独自余下他的孤坟在遵义的郊外荒烟蔓草之中，他生前所笃爱的藏书，堆积在北平东莞会馆。

原载《北京晚报》2016 年 9 月 23 日

作为朗读者的林徽因

著名建筑学家、诗人林徽因既是一代才女，又是让人钦慕的美女，所以才惹得大才子徐志摩的仰慕与追求。身前身后，都有不少传说。尽管时过境迁，铅华落尽，她身上的气质与著述，依然让人很是欣赏。

林徽因的父亲林长民仪表堂堂，曾留学日本，精通英文，跟梁启超等人是至交，在当年的新派人物中声名显赫。跟当时很多著名知识分子一样，林长民的婚姻也是父母之命，其妻子虽然容貌端正，却没有受过教育，一字不识，加之出于富商之家，不善女红和持家，丈夫不欣赏，婆婆也不喜欢。后来其妻生下林徽因，命运依旧。不久林长民又纳了一房姨太太，其妻更被冷落，林徽因尽管不像其母亲一样不幸，但自幼身处这样的家庭矛盾之中，对其幼小的心灵的影响可以想见。

她爱父亲，却恨其对自己母亲的无情；她爱母亲，却又恨她不争气；由于有年龄差距，她对同父异母的弟弟妹妹颇为热情，有时从中获得家庭的温暖。但是，亲生母亲的境遇，使得林徽因对旧时家庭三从四德式的温顺弃若敝屣，一直努力追求人格上的独立和自由。

自己幼年的不幸，林徽因并没有带给孩子们，而是用真情灌注自己的小儿女。

后来，林徽因与梁思成结婚，在抗日战争前生了一对可爱的儿女。抗日战争爆发之后，梁思成夫妇被迫抛下了北平安逸的生活、舒适的四合院，随清华大学西迁到昆明，很快又搬到四川李庄。林徽因的身体状况越来越差，加之物价飞涨，家中日常生活有时甚至要靠典当来度日。

尽管贫病交加，但是林徽因并不气馁，她身上的文学、艺术家气质并没有丝毫消歇，春城昆明这高原绮丽的景色唤起了她的诗情画意，曾写过新诗《荒唐的好风景》《三月昆明》《茶铺》。这种诗情画意也感染了她的儿女，病中的她这时更勤奋于学习，读了大量经典名著，并且随时跟孩子们分享。可以说，作为一个优秀的朗读者，作为母亲的林徽因，通过阅读为孩子们打开了一个瑰丽的精神世界。

其子梁从诫一直深深记得，他在昆明念小学二年级时，母亲林徽因当时身体情况尚可，教他念《唐雎不辱使命》，亲自读给梁从诫和姐姐梁再冰听。读得绘声绘色，“唐雎的英雄胆气，秦王前倨而后恭的窘态，听来简直似一场电影。五十年过去了，我仍觉得声声在耳，历历在目”。

在李庄时期，她尤其注意阅读俄罗斯作家的作品，非常喜欢屠格涅夫的《猎人日记》，而且要求十岁出头的儿子梁从诫也当成功课去读它，还要儿女一句句地去体味屠格涅夫对自然景色的描写，那种俄罗斯森林的秘境，引得小孩子格外心动。

她读英文版的《米开朗琪罗传》，读一章，给儿女讲一章，为孩子们详细而生动地描述了米开朗琪罗为圣彼得大教堂穹顶作画时的艰辛，可能是因为米开朗琪罗那种对艺术的执著追求特别引起了她的共鸣，在讲述时格外深情。

林徽因格外善于朗诵。她兴致好的时候，让孩子们围坐在床前，轻轻地为他们朗读她旧日的诗文，朗朗上口，声音真是如歌。她也常常读古诗词，并给孩子们悉心讲授，读到杜甫和陆游的“剑外忽传收蓟北”、“家祭无忘告乃翁”，以及“遥怜小儿女，未解忆长安”等名句时那种悲愤、忧愁的神情，让孩子们也为之动容。

作为父亲，梁思成也特别乐观幽默，总是与林徽因用这些诗文熏陶着孩子们。当然，这里面其实也有着中国古代读书人那种传统的气节观念。

1946 年，抗日战争早已胜利，有一次梁从诫同她母亲谈起 1944 年日军攻占贵州都匀，重庆危急的情形，想知道，如果当时日本人真的打进四川，父母打算怎么办？林徽因若有所思地说：“中国念书人总还有一条后路嘛，我们家门口不就是扬子江吗？”梁从诫有点怪母亲就这样不管他们了，病中的林徽因深情地握着他的手，有些歉然地说：“真要到了那一步，恐怕就顾不上你了！”梁从诫顿时热泪盈眶，被林徽因以最平淡的口吻所表现出来的那种凛然之气震动了。

文天祥“人生自古谁无死，留取丹心照汗青”的诗句似乎萦绕于天地之间。

当时中央研究院历史语言研究所也在李庄，林徽因特意从那里借来几张劳伦斯·奥列弗的莎剧台词唱片，常常模仿这位英国演员的语调，大声地“耳语”：“to be or not to be，that is the question！”惹得梁思成与孩子们热烈鼓掌。

梁从诫回忆，作为母亲，林徽因几乎从未给他们姐弟俩讲过什么小白兔、大灰狼之类的故事，除了给他们购买大量经典要他们自己去读之外，就是以她自己的作品和对文学的理解来代替稚气的童话，平等相待，把孩子当作成年人，而不是仅仅俯视，以便更深入地陶冶孩子们幼小的心灵。

可以想见，在母亲温柔的朗读中，会给孩子们多大的惬意。

除此之外，他们还进行了大量的专业阅读，一家人时常在不大的房间里各自忙碌，夫妻俩经常一边热烈讨论，一边用一台古老的打字机打出草稿，打字机声音震天。梁思成还和助手莫宗江一道，绘制了大量英汉对照注释的精美插图。林徽因为了协助梁思成撰写《中国建筑史》，病情稍有好转，就大量翻阅《二十四史》和各种资料典籍，为书稿做种种补充、修改，润色文字。这一幕幕尽管伴随着生活的困顿，但是却给了孩子们一个其乐融融的阅读氛围。

一个真实的林徽因，在孩子们的记忆，尤其是阅读记忆中变得越发鲜活，而这份朗读者的情怀又是如此清新而朴实，其中丰富而隽永的内容，值得后来者反复回味。不同的阅读体验，也不失为亲子教育的另一种可能。

原载《北京晚报》2017 年 3 月 10 日

金陵大学教育的过人之处

友人执教于某著名高校，时常感叹当下教学之不易，学生之疲沓，还说学生们最怀念让人艳羡不已的民国大学，课堂上甚至可以烟雾缭绕，“学问是熏出来的”云云，看来对民国大学教育的确存在不少迷思的成分。今特拈出民国时期著名教会大学金陵大学的例子，以作为所谓“民国范儿”的确证。

著名历史学家章开沅先生 1940 年代曾就就读于金陵大学。该校名师众多，仿照牛津、剑桥，对新生实行“导师制”，章先生的导师是陈恭禄先生。在选课方面，给章先生提出一条要求:选课要尽可能宽一点。学校在这方面也有类似要求，对于文科生，还要求必须选两门文科以外的课程。

金大老师的教学，有三点给人深刻印象。

一点是作业比较多，参考书也列得很多。作业当时叫做 paper，和现在大学的“小论文”相似。参考书列得多，无法都看完，加上作业也多，开始的时候有压力。但日子久了，熟能生巧，也能应付自如，并且能慢慢领略这种教育的好处。众多参考书对于开阔眼界、增加信息量颇有助益，众多作业对于锻炼写作论文与培养独立思考也有帮助。

另一点是师生互动比较多。历史系系主任贝德士教授是牛津大学和哈佛大学出身，课堂上重视师生互动自不待言，就是陈恭禄等先生授课，也不是一讲到底，也注重师生互动。比如，章先生至今都记得，在陈先生的课堂上，他曾经露过一手。大概是讲到鸦片战争的时候，他讲着讲着停下来问："哪位读过《达衷集》？"恰好那一次大家都没有看过这本书，所以答不上来。他倒是从头到尾很有兴味地看过，就说："我看了。"陈先生说："那你向大家介绍介绍吧。"于是章先生就随意介绍了几句。由于这个缘故，给陈先生留下了深刻印象，更强化了章先生对中国近代史的兴趣。

第三点是课堂教学管理很严格。上课时虽不点名，但座位均按姓名英文字首次序排列，教师往讲台上一站，手持名册，环视课堂，谁到了，谁没有到，一目了然。由于章开沅先生的姓氏"章"不是拼作"Zhang"，而是拼作"Chang"，因此上课时总坐在前面。附带说一下，金大的教学管理井井有条，但教务部门职员很少，如学籍管理责任最重的注册组只有两位职员。平常就是这两个人处理日常事务，到了要登录分数的时候，临时找学生当助理。

金大校友、著名文史学者程千帆先生也谈到，金大"有秩序，办事有条理，不像国立大学那样随随便便、纪律散漫"。从整个金陵大学的学风看，不仅仅是国学研究，整个对待学问的态度都极为严格。让程先生印象最深的是，时隔三十多年，当时金陵大学留在南京大学教务处的办事人员，素质依然超群。

当然，值得一提的是，金大的校长陈裕光教育政策的延续性。作为金大学子，他 1916 年被金大选送到美国哥伦比亚大学深造，1922 年获博士学位。1925 年，陈氏回国，受聘金陵大学化学系教授；1927 年 10 月被聘为金陵大学校长，直至 1950 年，历时二十四年之久。

陈氏掌校期间，教学方针强调学以致用、学用一致，亦即“研究高深学术，养成专门人才，适应社会需要”，曾推出“教学、研究、推广”三一制的三结合模式。研究分为调查研究、采集研究、试验研究，或专题论述或一般探讨。研究成果由受过严格训练的人员进行推广，如在推广中发现问题，再进行研究，然后再用于教学与推广。实践证明，这种三位一体模式比较成功，是金陵大学取得成就的重要因素之一，加上教学相长，也使得金大校内学术气氛十分活跃。

陈裕光提倡学生应走入社会，服务民众，金大为此专门成立社会服务处，倡导学生开展社会服务和爱心活动，如为失学儿童、成人办夜校，为人力车夫组合作社，为失业民众募捐等，逐渐培养学生无私奉献和服务社会的精神。“何用持身，仁心是宅；何以涉世，圣哲可迹”，是金陵大学社会系主任柯象峰先生给毕业生的毕业赠言，成为了不少学生的座右铭，毕业后也经常参与社会公益，令不少人受益终身。

金大的例子，当然不是孤证。民国大学教育除了有所谓的大师之外，其实学风是更为关键的因素，尤其是名校，对于学生的兴趣既有充分的观照，同时对于学业的管理也极为严格，其中宽进严出的机制，更是让学生不得懈怠。

求学除了兴趣，更应当成为一种职分。

原载《北京晚报》2016 年 8 月 26 日

饶宗颐：孤独的君子

子曰：“君子不器。”——《论语》

子谓子夏曰：“女为君子儒，无为小人儒！”——《论语》

谦谦君子，卑以自牧也。——《易·谦》

熏出来的读书种子

民国六年（1917）8月9日（农历丁巳年六月二十二日），饶宗颐出生于粤东古城潮州的一个名门望族。

潮州，“文起八代之衰”的唐代大文豪韩愈曾被贬官于此，在此停留期间，兴学课士，留下不少名篇。宋代便有了“海滨邹鲁”的美誉。宋代以来，这里商贾如云，人文鼎盛。饶宗颐的祖上原居江西，后辗转入粤，定居潮州。

饶宗颐的父亲在家中排行第三，名宝璇，初字纯钩，后改字锷，号钝庵。饶老先生早年毕业于上海法政学校，饱读诗书，留意时势，参加过当时名震天下的革命团体——南社。饶家世代儒商，在潮州开有数座钱庄，宗颐出生时，人称潮州首富。饶老先生喜买书、藏书，将自己的藏书楼叫做“天啸楼”，有书达十万卷。饶老先生工于诗文，精于考据，于乡邦文献尤为留心，著有《佛国记疏证》《潮州西湖山志》等书，还当过《粤南报》的主笔。

饶宗颐的母亲蔡老夫人是名门闺秀，祖父蔡一桂在清同治年间曾任资政大夫，父亲蔡子渊曾任户部主事。只是母亲在饶宗颐两岁时便去世了，母亲清秀的模样在宗颐的心里久久无法淡去，却又总是无法清晰起来。

在父亲的影响下，饶宗颐自幼便泡在天啸楼的藏书里。“那么多书，我整天看，就像孩子在玩。我很早就能写诗填词，中国历史从哪一年到哪一年我都清楚，先后顺序不会搞乱。”从《史记》到佛典，从老庄到还珠楼主，幼年的他无书不读。有一次因为痴迷于武侠小说，甚至写了一部《后封神榜》。

饶老先生很早便着意培养自己这位长子。饶宗颐六岁那年，便开始练习国画，后师从画家杨栻学习绘画山水、花鸟及宋人行草、名家法贴。饶宗颐酷爱任伯年的作品，曾将老师所藏的任氏一百多幅作品临摹殆遍，为其日后的书画创作打下了坚实的根基。饶宗颐的伯父既是画家，又是收藏家，收藏的拓本、古钱颇多精品，为数达千种，他也时常把玩。

此时，饶宗颐的不少初中同学正在新式小学里从“手口足”开始学习汉字，他们中的绝大多数将循着小学、初中、高中的新式学校建制前行。民国十九年（1930），饶宗颐以优异的成绩考进省立金山中学初中部，他发现老师讲授的过于浅显，读了一年便觉得在学校实在有些浪费光阴，径直回家自学。饶宗颐的心目中时时呈现的是家中的藏书。

坐拥书城的饶宗颐，没有辜负这得天独厚的条件。跟一般孩童不同，他最喜欢的不是玩耍，而是学习。八十年过去了，饶宗颐对儿时的往事还历历在目："我不大玩，是内向的。六七岁就有这个 drive，就有这个自动（读书学习）的倾向，很奇怪。"才十岁左右他就跟着父亲观摩，帮助抄录《佛国记》；父亲写《汉儒学案》《新儒学案》等书，他在一旁看得有滋有味，时常充当帮手。

饶老先生家中常常高朋满座，经常一起论学唱和的多为潮州当地有名的诗人柯季鹗、戴贞素等，画家王显诏、杨栻等，其中包括后来以词学名家的中山大学教授詹安泰。此时，饶宗颐往往随侍在父亲身边，偶尔也参与酬唱。饶宗颐十六岁那年所作《优昙花诗》，更是举座皆惊。诗云：

异域有奇卉，托兹园池旁。
夜来孤月明，吐蕊白如霜。
香气生寒水，素影含虚光。
如何一夕凋，殂谢滋可伤。
岂伊冰玉质，无意狎群芳。
遂尔离尘垢，冥然迫大苍。
大苍安何穷，天道渺无极。
哀荣理则常，幻化终难测。
千载未足珍，转瞬讵为迫。
达人解其会，葆此恒安息。
浊醪且自陶，聊以永今夕。

此诗一出，即被饶老先生的老师推荐给中山大学《文学杂志》

发表，不少诗坛名宿都很惊诧，何以十六岁的少年能像陶渊明一般超脱，纷纷以诗唱和。当时的中山大学中文系系主任古直惊为天人，许以“陆机二十作《文赋》，更兄弟闭门读书十年，名满中朝，君其勉之矣”，认为假以时日，饶宗颐必能像陆机一样文章冠世、名满天下。

古直早年投身革命，诗文冠盖一时，尤精于汉魏文学，他对古代诗文的笺注体例精审、搜罗弘博，至今还被学界视为经典。正当饶宗颐在父辈的熏陶下，读书种子的气象日益葱茏之时，饶老先生却因编纂《潮州艺文志》而心力交瘁，在饶宗颐十七岁那年便匆匆地离开了人世。

饶老先生弥留之际，念兹在兹的是《潮州艺文志》尚未终篇。饶宗颐在约请父执辈协助整理父亲的诗文遗稿的同时，独自续写《潮州艺文志》，于一年后终于杀青。此书网罗潮州一千多年的文献，为之撰写了精到的提要，至今依然是潮学研究的必读书，奠定了饶宗颐潮学创始人的地位。当时的重要学术期刊《岭南学报》将其全文连载。

这一年，饶宗颐才十八岁。

1930年代的中国，日军侵华的气焰日益嚣张；国内各方不断刀兵相见，国无宁日。失去父母的青年饶宗颐，在家业因为国事的牵扰而衰败之后，凭着父母赐予的聪慧与勇气，开始了他国难声中的文化之旅。

国难声中的学术求索

《潮州艺文志》甫一问世，好评如潮。

饶宗颐在十岁前后即认为学问是自己的兴趣所在。在续写、出版了饶老先生的遗著之后，加上其他几篇专论的刊发，饶宗颐受到岭南学术界的广泛关注，在罗香林、詹安泰等前辈的勉励与扶持下，他决定继续研究学问。

民国二十四年（1935），应中山大学校长邹鲁之邀，十九岁的饶宗颐离潮赴穗，受聘为中山大学广东通志馆专职纂修，是同人中年龄最小者。同年受到“古史辨”运动倡导者顾颉刚的推重，加入由后者发起成立的禹贡学会，此时《古史辨》已经刊印多册，后来顾先生本拟将《古史辨》第八册交由饶宗颐负责。自幼慎思明辨的饶宗颐，发觉“古史辨”派过于疑古，基于自身学术思想的转变，饶宗颐并未接手此事。殊不知，当时“古史辨”派在中国学术界掀起了一场波澜壮阔的史学运动，在顾颉刚旗下积聚了一大批学术精英，但饶宗颐在自己的学术道路的当口作出了独立的抉择。正是这次告别“古史辨”派，饶宗颐在后来才以甲骨、金文为理据，为殷商一朝的历史撰写了一部震古烁今的巨著。

民国二十八年（1939），在詹安泰的举荐下，饶宗颐被中山大学聘为研究员。当时广州已为日军占领，中山大学被迫迁往云南澄江。饶宗颐本拟绕道香港入滇，徒步走了差不多一个礼拜才到香港，沿路还就畲民作调查。不料路途坎坷，竟身染疾病，骨瘦如柴，只好滞留香港养病。

苏东坡曾说过:“因病得闲殊不恶,安心是药更无方。”(《病中游祖塔院》)饶宗颐这一滞留香港,却迎来了自己的学术因缘。当时华北、华东、华南多已沦陷,日军的铁蹄正威胁陪都重庆,香港成为内地文化界、学术界避难之所,一时群贤毕至。

商务印书馆总经理王云五听说饶宗颐在香港,便邀请他参加《中山大辞典》的编撰。集词学家、书法家于一身的辛亥革命元老叶恭绰当时正编纂《全清词钞》,也力邀饶宗颐参与。这两项工作使饶宗颐接触到更多的珍本,在目录学、版本学方面收获良多;对于古文字学和词学等的研究,也由此拓展开来。

民国二十九年(1940),饶宗颐完成了成名作《楚辞地理考》,此书没有墨守前人成说,而是提出了跟史学大家钱穆的《楚辞地名考》不同的意见,数十年后更是得到考古发掘的印证。此时饶宗颐年方二十三岁,后来出版时已经是六年之后,因为他的著作一般要放几年甚至数十年才予以出版,如果过了这么久学界还无突破,就证明此书的历久弥新。

饶宗颐坚信“做学术不要有框框”,“过去是老框框,现在是美国框框”。去除依傍,在继承清儒朴学的基础上,饶宗颐经过自己的探索,在每一个学术领域挥洒得淋漓尽致。胡适在勉励他的学生时说,二十几岁的人研究学问,应当受到鼓励。二十几岁的饶宗颐不仅诗文一流,而且出版了数部深得好评的学术专著。饶宗颐当时还遇到一青年学生陈文统拜他为师,学作诗填词,此人就是后来的武侠小说名家梁羽生。更关键的是,此时的他并未刻意靠近中国学术主流,而是潜心积累,笃定地践行自我的学术之旅。

不久，而立之年的饶宗颐出任汕头华南大学文史系教授兼系主任，并兼《潮州志》总编纂、广东文献委员会委员。《潮州志》中的“沿革志、疆域志、大事志、地质志、气候志、水文志、物产志、交通志、实业志、兵防志、户口志、教育志、职官志、艺文志、丛谈志”等十五篇专志，经过数年方才结稿，凝聚了饶宗颐的苦心孤诣，编辑体例和方法都很有特点，其中的很多记录，都为当地政府所采用，吐故纳新，史学经世之志跃然纸上。

而立之年前后的饶宗颐，享受学界的赞誉的同时，内心屏息着学问的孤独。民国三十四年（1945）的华夏大地驱走了日军的阴霾，战争的乌云又不断涌来。民国三十八年（1949），饶宗颐移居香港，在这中西文化交汇之地，饶宗颐世界性的学术光辉冉冉升起。

汇通中外的汉学大家

饶宗颐认为，长期生活在香港，是他能够取得成就的一个天赐良缘。香港是一个国际化的大都市，对外交流十分频繁，国际汉学界的各种新资料和新观点都能及时掌握。这使得他可以到各国游学，学术足迹遍及世界，当然眼界大开。

1952年，饶宗颐开始执教于香港大学中文系，主讲《诗经》、《楚辞》、六朝诗赋、老庄哲学，同时兼任《东方文化》编辑。期间每年都有机会被派到国外开会，参加美、法等国的汉学研究机构的工作，接触到早年流失海外的典籍孤本，并能到印度等地进行实地考察、研究。他跟外国汉学家的交往日益密切，学问的规模更加博大。

1954 年以后，他多次应邀访问日本东京大学、京都大学，结识了日本著名汉学家吉川幸次郎等人，利用京都大学人文科学研究所所藏甲骨从事研究，著《日本所见甲骨录》一书，推动了日本学者的甲骨文研究。在日本期间，他目睹了日本对经学的重视，对日本学人认真的学风感受至深。

1956 年，他出席了在巴黎召开的第九届国际汉学大会，结识了法国著名汉学家戴密微，二人一见如故，结下了隔代学缘。会后，戴密微陪同他游览了法国名胜古迹，并到法国国家图书馆披阅藏书。在这里，他第一次阅读了敦煌经卷的原件，使他受到极大的震撼。“敦煌在中国，敦煌学在日本”的议论似乎在饶宗颐耳边想起，他决定通过一己的研究，改写这段中国学术的伤心史！

此后，饶宗颐一直得到戴密微的激赏，时常结伴出游西欧各地，进行诗词唱和，并且用中、法两种文字合著《敦煌曲》一书。在戴密微心里，饶宗颐不仅学术造诣精深，而且“于艺术领域，处处显露其过人之天分”，“在最富人情之文明社会中，乃一最堪作楷模之人物”。

饶宗颐经过与各国汉学一线人物的交流，学问天地更加开阔，通过集合各国的甲骨文藏品，加以精心研究，考证了殷代贞人的身份，呈现出商代社会的风貌，成就一部《殷代贞卜人物通考》，这部八十万字的巨著问世后，共有十三个国家和地区发表评论并加以推介，在中外学术界影响巨大。1962 年，饶宗颐以此书荣获被誉为“西方汉学的诺贝尔奖”的儒莲奖。此书 1996 年被译为韩文出版，不愧为汉学研究的经典。

饶宗颐在 1950 年代跻身于世界一流汉学家的行列，从他与荷兰著名汉学家高罗佩的会面可见一斑。1958 年，饶宗颐由意大利返港途中，飞机因机械故障而改降黎巴嫩首都贝鲁特，没想到与高罗佩偶遇。二人互相心仪已久，一见如故，临别，高罗佩送给饶宗颐一本明万历版的《伯牙心法》，饶宗颐则赋诗二首回赠。高罗佩通晓十五种语言，著有大量极富独创性的汉学专著，其中的大多数至今仍在印行，时下流行于中国的《大唐狄公案》仅仅算他的游戏之作。

饶宗颐说，人家做学问，很多是从点做起，他做学问是从上下左右来找连带关系。他常常用丰富的想象力，在别人看着没关系的地方探究出其中的关系。所以我们可以看到，1950 年代，除了甲骨学著作，饶宗颐还出版了《明器图录·中国明器略说（附英译）》《长沙出土战国楚简初释》《潮瓷说略》《〈人间词话〉平议》《楚辞书录》《敦煌本老子想尔注校笺》《战国楚简笺证》《楚辞与词曲音乐》《长沙出土战国缯书新释》等书，也有讨论香港本土史迹的《九龙与宋季史料》。他学术视野所及，在在都是极佳的课题，为中国赢得了国外汉学界的尊重。

一位学者有了这么多世界性的成就，已经足够完满了。可是，饶宗颐的另一个学术领域才刚刚起步。

印度学者白春晖对饶宗颐仰慕已久，他时任印度驻香港领事馆的一等秘书。1954 年印度总理尼赫鲁访华时曾担任翻译，后被派到北京大学学习。白春晖请饶宗颐教他《说文解字》，他教饶宗颐梵文。每周两次，坚持了三年。跟着这位正宗的婆罗门，饶宗颐的梵文进步很快，很快打开了梵文研究这一广阔天地。

1963 年，饶宗颐应邀前往天竺梵文研究中心从事中印关系研究，得以师从白的父亲、印度著名学者老白春晖学习《梨俱吠陀》，足迹遍及印度南北，贡献了不少很有见地的论文，还翻译了《梨俱吠陀》经，为中印文化文流史研究作出了极大的贡献。

这一因缘，也为此后饶宗颐与梵学大家季羡林的交往埋下了伏笔，人称“南饶北季”。季羡林认为，饶宗颐最善于发现问题，饶宗颐以之为知言。

1960——1970 年代，饶宗颐先后出任新加坡国立大学中文系首任系主任兼教授、香港中文大学中文系系主任兼教授、法国远东学院教授。在新马利用当地碑刻编就《星马华文碑刻系年》一书。在法国师从博特罗（J. Bottero）教授学习楔形文学及西亚文献，翻译了《近东开辟史诗》，探讨了近东与远东的开辟神话、造人神话的异同。

饶宗颐六十大寿那年，出版了《中国史学上之正统论》，从世界三大洲搜罗文献，引入近东、西方、印度的传统与中国历史作比较，从方法到论据，都堪称世界一流，至今还是关注这一问题的最佳著作。

哪怕在他五十年前研究的殷代社会，他最近还想从邦交的视角来重新展开研究，他无时不在思考着学术问题。

法国汉学家施舟人记得，三十多年前，饶宗颐在施舟人执教的法国高等研究院做访问学者。恰逢法国政府资助出版社做一个规模宏大的世界文化经典翻译项目。饶先生请托施舟人拿来翻译目录，想了解这次项目翻译的中国典籍。然而当看到目录里的中国典籍只有《红楼梦》《三国演义》时，年过六十的饶宗颐竟然哭了："我们完了，没有人知道我们的文化源头是'五经'。"施舟人最近成为多语种"五经"研究翻译项目的主持人，促使他投身"五经"翻译的，正是饶宗颐的眼泪。

饶宗颐到京都研究甲骨文，几次都选择居住在京都近郊的三缘寺。每天都到京都大学人文科学研究所的图书馆念书，晚上回来，青灯黄卷。到了印度，也是住在庙里。

"我这个人很孤独，我自己知道我自己，我自己就有自己的天地。我一早就是这样子，这是我的个性。我不感觉孤独。很奇怪，我认为没有孤独不能做学问。这个孤独感很早就有，这个孤独感，就是天性。"2007 年，饶宗颐面对中央电视台的镜头，很认真地说。

归去来兮

身处香港的饶宗颐，无时不牵挂着故乡的一草一木。

1980 年，饶宗颐回到离开三十年的大陆，徜徉于神州秀美的山川。然而，在四处访古的同时，他尤为关切的是新中国的出土文物。针对在湖北发掘的秦简、编钟，他回香港后即刻邀请此次陪同者、中山大学曾宪通赴港合作研究，著成《云梦秦简日书研究》和《随县曾侯乙墓钟磬铭辞研究》二书，被学界誉为“研究秦简日书及振兴中国钟律学的奠基之作”。

这次中国文化之旅是饶宗颐治学经历甚至是他一生的又一重大转折，长达三个月的实地考察使他接触到更为广博的古代文物，使他在学术与艺术领域的实践得到进一步升华。饶宗颐还在北京拜见了已重病住院的顾颉刚，老先生虽已年近九旬，记忆力却很好，见到饶宗颐说他们已有五十多年的交情，一直还保存着饶宗颐早年为《古史辨》所写的好几篇文章。当时饶宗颐动情地说：“那是我小孩子时写的东西，还请顾老多多指教。”饶先生回到香港数月后，便接到了顾颉刚去世的消息。就对学术的好奇心和问题意识而言，饶宗颐与顾颉刚有很多共通之处。

1982 年，《选堂集林·史林》出版，被学界誉为继钱锺书《管锥篇》后的又一学术巨著，有人称誉为“南北学林双璧”，他造访钱锺书时，钱以自己批校过的《管锥编》手稿相赠。以后饶宗颐又先后推出《固庵文录》《甲骨文通检》《中印文化关系史论集——悉昙学绪论》《词学秘笈之一——李卫公望江南》《敦煌琵琶谱》《近东开辟史诗》《敦煌琵琶谱论文集》《〈老子想尔注〉校证》《文辙——文学史论集》等书，耄耋之年依然笔耕不辍。

当饶宗颐再回大陆时，民国的学术前辈多已凋零殆尽，季羡林已经算是老辈学者的领袖。饶宗颐除了与季羡林在梵学、敦煌学方面颇有共通之处外，还十分赞赏季羡林朴实敦厚的学风。季羡林则对饶宗颐推崇备至，盛赞饶宗颐：“近年来，国内出现各式各样的大师，而我季羡林心目中的大师就是饶宗颐。”

与季羡林拒绝国内“大师”的头衔一样，面对记者“大师”的说法，饶宗颐却打趣地说“我不是大师，我是大猪”，“‘大师’是佛家说法，我又不是和尚，所以我不是大师”。

蕴藏在饶宗颐身上的还有不竭的艺术才情。饶宗颐精通诗词、书画、古乐，对我们已经逝去的那个伟大传统有细腻的了解。通过他的学术与艺术，我们见到的是鲜活的传统。其书法灵动优雅，耐人寻味。他的白描人物画，得到国画大师张大千的赞赏。在中国艺术史上，要将禅宗的意趣与绘画结合起来，历来是很难的事情，但是饶宗颐却将这两者完美地结合了起来。除了中国，他的作品在日本以及东南亚备受书法界、艺术界瞩目，获得了高度的赞誉。

饶宗颐最喜欢画荷花。饶老先生为他取名宗颐，本来是期望他师法宋五子之首周敦颐。而周敦颐最有名的作品是《爱莲说》。饶宗颐曾这样概括自己的治学从艺心得：“我写画同我做学问一样，做学问向来不讲人家讲过的话，写画不照人家走过的路走。我写画学古人，但也是写我自己，就像写诗步古人韵，实际上是写我心中的诗，是借古人的躯壳表达我的精神。”二十世纪的中国文化困厄迭起，残荷犹有傲霜枝，饶宗颐以自己的努力，续写了中华古文明的辉煌典范。

2003 年，饶宗颐教授将个人积累的数万册贵重藏书，包括非常珍贵的古籍善本，以及一百八十多件书画作品，捐赠给香港大学，借以回馈香港。这些藏书绝大多数都有饶宗颐的批注，今后的研究者可以沿着阅读史的思路对饶宗颐的学术源流进行细密的剖析。

现在，该馆不仅已经成为香港大学重要的研究机构，也日渐成为全球汉学界的学术文化交流中心。“越来越多的海内外学者，已将自己的藏书或著书捐赠到饶宗颐学术馆视为极高的荣耀”，负责该馆学术研究工作的郑炜明博士称。

很多汉学家，不分国界、种别，就像饶宗颐原来不断前往法国远东学院、日本京都大学人文科学研究所一样，时常来到饶宗颐学术馆做研究，汉学的视线在往复中熠熠生辉。

“国学”何以可能?

饶宗颐其实并不太认可“国学”这一称谓，相对而言，他更愿意使用“华学”或“汉学”这类的字眼。

对于中国学术的前景，饶宗颐颇有信心，在他看来，中国现在已有不少学术人才可以独当一面，不过他一直强调为学必先敦品。

提到饶宗颐，人们津津乐道的是家学渊源。饶宗颐认为:“以我的经验，家学是学问的方便法门，因为做学问，‘开窍’很重要，如果有家学的话，由长辈引入门可以少走弯路。现在的家学已经到了末路，我觉得有家学基础的学生应该被作为特殊人才来培养。”

回顾走过的路，饶宗颐感叹：“我发现呢，最受用的，我到今天还受用的，就是我的文章的根底，文字的掌握。”他认为，要做到古人讲的“通”，首先文字就得通，要真正“懂得字”。

谈到如何才能读通古书，饶宗颐认为，“你今天念古书，古书里有很多巧妙。一句话应该怎样解，有好几个层次。因为离我们的时代距离很远，要明白它的义理，并不容易，旁通别的书，才能了解，等你懂了另外一些事情以后，你再来看这本书，就又不一样”。“文本要理解，不要误解，很重要。因为误解很容易，你去猜，有时候理解不透彻，人家不是这样讲的。我看今天很多人的毛病就因为，他没有理解，没有理解好，（把）他自己的意思加进去。”而现在学生接触古文的机会极少，能理解的就更少了。

饶宗颐虽然认为为此让学童背诵古文有些无聊，但就他自己的经验，只有这样文气才能通，“你有这个底子呢，你看古人的东西，就能弄清，你自己就会做，模仿它的调子，等于你唱戏，（根据）甚么调子，同一个道理。你也就觉得有趣味了”。

说此话时，饶宗颐或许想到了自己读初一时的经验，有位叫王弘愿的老师，指导他学古文要从“韩文”入手。这对饶宗颐影响很大，至今他还很信服：“现在我还是要谈作文应从韩文入手，先立其大，先养足一腔子气。”

中国古人尤其是清代学者治学讲“读书必先识字”，先让孩童从王筠的《说文蒙求》入手，再读《说文解字》，同时跟着老师念经书，培育对文字的感觉。饶宗颐这一心得似乎还少被人提及。

今天，国学教学研究机构在大陆纷纷建立，可惜主持者并未能够摆脱理工科式评估体制的束缚，国学的学科定位也面临难产，对于国学的认识更多的是大而无当，国学的旧事重提看重的更多的是“国”，面对深谙传统学术的前辈凋零的格局，国学在制度层面似乎有些画饼充饥？

在新式学科的阻隔之下，在人文学科修习者就业形势日益严峻之后，如何才能突破学科藩篱，如何才能在治生的同时安心学问，又如何补上对于古典的失忆性空白？

饶宗颐以一人之力，为世人勾勒出中国传统文化的整体轮廓，并将这一场景完美地展示给世界，然而他却如此的谦和。儒家所说的君子，庶几近之吧？

作为不世出的文化奇迹，饶宗颐是不可复制的。我们能做的，或许是备好天才生长的土壤，允许天才孤独的土壤，君子才不再是神话。

原载《生活》月刊 2009 年 12 月号

一颗热烈而圣洁的心灵

——敬悼刘志琴老师

今天上午，从雷颐老师处得知刘志琴老师因病去世，无比痛心。十六年来，与她交往的很多情景一下子涌现出来，止不住热泪盈眶。每次接通电话那一声亲切而熟悉的应答，再也不会有了。这么好的长辈，说没就没了。疫情特殊时期，最后时刻还不知道她心爱的儿子毛丹青老师是否在身旁陪伴。思及已往的点点滴滴，拈出数事，特为悼念。

从明史到社会文化史的倡导者

刘老师的本行是明史、史学理论，为此她写了不少明史论著，《晚明文化与社会》《商人资本与晚明社会》《晚明史论》《张居正评传》在学术界有口皆碑。明代是一个政治酷烈、社会文化大变动的时代，她既能写出当时残酷的官场倾轧与政治角逐，也对社会巨变有着极敏锐的观察，《改革家是怎样炼成的》后来成为了读者欢迎的畅销书，一时洛阳纸贵。承蒙她惠赠大作，文字清新，故事精彩，读来引人入胜。

在明史耕耘多年之后，她又成为大陆社会文化史的倡导者与实践者，所主编多卷本《近代中国社会文化变迁录》，独具一格，史料丰赡，成为国内外社会文化史研究的案头书，不少影视界导演甚至在这套书中寻找电影题材。据我所知，港台几位著名思想史研究家，将此书作为中国思想史研究生课的必读书，最近也在积极推动修订再版，可惜她再也无法看到此书的新版了，痛哉痛哉！

为此，她在学科建设上作了很多努力。20世纪80年代中期，刘老师积极推动中国文化史学科的复兴与重建，为学术界“文化热”的兴起作出了贡献。后于1988年提出了结合社会史和文化史两种研究路向的设想，此后她倡导并率领文化室研究团队，开拓了社会文化史新学科，发表了一系列有分量的研究成果。中国社会科学院近代史研究所有一个较为齐整的团队推行她的社会文化史主张，呈现了一批重要著作，饮誉中外。她提倡从百姓的人伦日用与生活实践入手，扩充历史研究的视野，将鲜活的生活世界展现到读者的眼前，至今依然很有生命力。

她认为，“思想史本是人文遗产的精粹，但是人文遗产并不限于文本的观念，还有大量的非文本资源，没有得到充分使用，历代儒家对日用之学的重视和阐释，表明儒家思想是从生活中提升观念，也是从生活中向民众传授的，用这一观念重新审视思想史的研究对象，将视角下移到生活领域，发掘日用之学的现代意义是一重要路向”，这一看法已经有了越来越多的追随者，相信未来会更有创获。她此前传我一篇研究明代士大夫生活趣味的长文，耄耋之年的思考，仍然格外精彩，有机会将相关论著集结，无疑会给学术界不少启迪。

除了学术研究，刘志琴老师还注意文字的训练，有一副难得的散文笔墨，随笔集《悠悠古今》《思想者不老》《千古文章未尽才》以个性化的书写，为古今尤其是前辈学人写传，为历史素描，寥寥数笔，可以看出历史的波澜与文人的个性。她写其老同学朱维铮先生的文章《特立独行朱维铮》以女性的细腻与炽热的同窗情谊，活脱脱写出了一个嬉笑怒骂皆成文章敢爱敢恨的真学者，在诸多追忆文字之中，显得格外特别，当时就传诵一时。

思想者不老

刘志琴老师的大学时代正是火热的时代。她不仅学业优秀，也曾是不断追求上进的热血青年，后来到北京工作，本可以进入更高的机构从事其他工作，但是在目睹了不少事情之后，她毅然选择学术，因为这样可以更坚持自己的本心。这一选择，本身就是一种可贵的自省。

在一些重要关头，她总是能够仗义执言，某次“五四”纪念座谈会，八十高龄的她引述许纪霖教授等的言论，回忆往事格外痛心与忧虑，对一些现象格外警惕，提出：“人，是文化的主体，人要向前进，文化就要发展，人的道德心态与文化的升降密切相关。中华文化发展面临一个关卡。”“如今不要求高扬‘五四’时代民主与科学的两大旗帜，只要求要对这两个旗帜予以保护。科学有科学发展观的支撑，民主如果没有制度保障，那就是一纸空文。”这些言语，时常见到，这是一位满腔赤诚的老学者的声音，至今读来，还是掷地有声。

作为中国社会科学院近代史研究所的老学生，无论当年读书时，还是后来毕业后，每次到东厂胡同 1 号的近代史研究所，经常在楼梯间听到她爽朗的笑声和亲切的叮嘱。她的话总是快人快语，简洁明快，你若细听，都是极为受用的。当年读书时，每次所外学者讲学，她总是来听，而且还跟大家交流。我记得有一次她就当面批评某位学者的合力说是懒汉思想，没有进入深度思考，当时大家都是充分谈论。此情此景，如今再也不会有。因为东厂胡同 1 号还在，可是研究所却已搬迁，此地空余海棠玉兰如旧。

她对后辈关怀可谓无微不至，但是尤其关注的是他们的学术成长，我就亲自听她讲过对于一些年轻人的三心二意的提醒，甚至是严厉的批评。她认为近代史研究所应该有厚重的学风，可有可无的研究就不要有，要有提供国之重器的眼界与气魄。这些批评与其说是批评，不如说是激励，当我们埋怨事事不如人意的时候，我们作为学术个体，是否付出了扎实的努力。

后来从事出版，几次重要的学术座谈会，我都请她出席，她每次都热情支持，来了还会认真准备发言，不少学术出版的想法就是得到她的提点才得以产生的。她都是直抒胸臆，谈言必中。她有一篇名文是写刘大年先生，题曰“思想者不老”，用以来形容她活跃而敏感的学术思考，可谓若合符节。

润物细无声的美丽心灵

除了学术造诣与思想激情，刘老师平常生活中更是乐于助人，经常给与身边人以物质与精神上的支持。

记得有一个老同事，生活中遇到了困难，刘老师经常给她一些捐助，而且是悄不做声的，如果不是后来受捐助者自己撰文披露，大家根本不知道这些细节。我本人也曾经得到了她无私的帮助，对于这些，她从不提及，对于我们的谢意，她也表示微不足道。这种真诚而广泛的捐助，如果没有一颗仁心，是很难长期坚持的。

我相信，肯定还有其他受助于刘老师的个体，这些感动而温暖的点点滴滴，也许刘老师个人已经记不得了，但是在受助者的心里，一直都铭记在心，而且会成为珍贵的财富，一直绵延下去。

我在中国人民大学出版社工作时，曾经蒙她厚爱，将《千古文章未尽才》一书交我出版，里面收录了她不少名篇，读来发人深省。后来又请她主持修订再版《中国近代社会文化变迁录》，拟扩充为六卷本，这一工作正在进行当中，期待能够做成精品，告慰于刘老师在天之灵。

前些年，她曾经想把跟爱子毛丹青老师早年留学的来往家书选编出版，我也提了一些建议，由于慵懒，没有继续跟进，实在对于老人家很是抱愧。去年电话中还提及其他事情，没想到天人永诀，她的遗稿尚有很多，期待能够做一些工作，将她的学术思想更多地传布于世。

她的老同事耿云志老师在刘老师八十华诞时引用诗人何其芳的诗句“以自己的火，点燃旁人的火；以自己的心，发现旁人的心”，称赞她“极具公益心，有使命感，有深厚的家国天下的情怀”。今天在微信里，耿老师又深切怀念：“她是一位极可尊敬的朋友，思想敏锐，追求真理，勇于表达。对同事，对朋友，对事业，充满热情；对生活始终保持乐观精神。她是在集体和事业中不断散发光和热的人。”

作为后来者，甚至是徒孙辈，我跟她交往毫无隔阂之感，反而有不少共同语言，这里面的共同之处，除了近代史研究所的缘分，或许更多是对于时代的隐忧与关切。

刘老师她们这一代人，尽管被时代耽搁了不少，然而一旦遭遇新时代，又能大气磅礴地重新前行，人称“两头真”，迟暮之年，依然理想之光不灭。我们所怀想的八十年代，如果没有她们一辈人火一样的激情，或许只能说是青春的躁动症。书写八十年代，她们是绕不开的力量。作为才女与智者，刘老师身上浓烈的学术使命感与道德正义感，在任何一个世道都是值得铭刻的，任由你时代激荡或沉沦，有了知识人的风骨与担当，才会让人怀想，而不是雨打风吹去。

这份重量，除了纪念，无疑还需要传承与践履，这远不止于学术。

谨以此文纪念敬爱的刘志琴老师（1935—2020）！

写于刘志琴老师逝世次日

原载《澎湃新闻》2020 年 4 月 8 日

向死而生的通人之路

——怀念乡先辈刘浦江老师

我出生在重庆垫江城郊的农村，家里离县城有七八里路。

垫江是个文风很弱的地方，没有出多少人物，尽管是千年古县，但历史上进士也就几十个，民国时代比较有名的或许是经济学家、中国农民党创始人董时进，加上客籍的科学家、教育家任鸿隽。一个人的家乡记忆，倘若不研究历史，或许出来后会变得相当淡漠。

如果不是一直读历史系，我不太会知道我们垫江一中还出过刘浦江老师这样一位北大高材生，而且是念历史的。尽管初中开始，我就开始在学校舞文弄墨，但实际上或许更多奔着中文系去的，只是高中之后越来越喜欢历史，加上填报志愿时的梦境显现，就报了历史系。

高三毕业，回学校处理毕业扫尾事宜，在学校服务数十年的总务处熊主任提了一句，原来有一个高中毕业生去了北大历史系。我当时不以为意，后来想想，他说的应该就是刘浦江老师。后来刘老师还应邀回垫江一中做了一场报告，我多次寻访，在余伟成老师、徐晓红师妹的帮助下，找到了他当时讲座的视频剪辑。刘老师说，学校给了他最好的基础教育，不管身在何地，却不会忘记母校，更不会忘记是垫江这方土地滋养了他。面对五百位在座的学弟学妹，他建议一定要提高学习效率，多读好书，培养综合能力，及早确定人生目标。

第一次知道刘浦江老师的名字，是因为他怀念邓广铭先生的一篇文字《不仅是为了纪念》。那是我在华师东门旧书摊买到的一本《读书》过刊，至今依然在书架上。他当时除了感念邓先生的奖掖，还颇为邓先生所谓“文革”时期“好汉不吃眼前亏”打抱不平。当然我并不知道他是何许人也，也没有专门去查找。

大一上学期的华中师范大学历史系文科基地班，系里给每五名学生安排一位导师。我的导师是邓广铭先生的弟子罗家祥老师，对我期许颇多，所以连带着渐渐熟悉邓先生一脉的学术传承，尽管后来没有读中古史，但对中古史的一些学术路数并不太陌生。

因着这种缘分，我对北大中古史研究中心尤其关注，对其中的几位先生可谓心向往之。有一天，突然发现，刘浦江老师祖籍重庆垫江，当时甚是兴奋，觉得那么个穷地方，还可以出一位学者，而且是同行前辈。于是，就冒昧地写信，很快也收到他的回信，是打印件，附带一本《辽金史论》签赠本。

当时桂子山下着雨，我从传达室拿着牛皮纸信封，在有些昏暗的白炽灯下，读完他不长的信，得知他高中跟我一个学校，心里似乎更加强了修习历史学的勇气与定力。那是刘老师第一本文集，自序写得很硬气，也很动情，文字干净，但又晓畅，值得回味。其中篇章，我读后，感觉背后都有某种关怀，他不是就考据谈考据，而是以历史考证牵连到诸色人物的命运，尤其是松漠之间契丹人与女真人的兴衰，这些披发左衽的古人，随着刘老师的叙述进入那个昏黄而清爽的夜晚。

当时我还没有电子邮箱，也不会收发电子邮件，打长途电话对于穷学生也有些奢侈，抱着一种期待，也就努力读书。大二因为古代史导师离开，换了中国近代史方面的导师，所以转向晚清民国，视野所及，与中古史渐行渐远。但那种向往与挂牵，一直不绝如缕。

大四上期，面临保送读研，因为英语六级一直没过（连续考了三次 59 分，有人戏称为红颜所误），很是彷徨，就写信给刘老师求教，问问他北京的情形。不巧，他搬家了，过了一两个月才给我回信，是写给我的电子邮件，我当时刚刚申请了电邮。

他给我很多鼓励，但强烈建议我要以真才实学打动老师，尤其是要选自己最心仪的老师与方向，心无旁骛。那封信很长，满是赤诚，尽管我们将近两年没有通信，但他对乡后辈的热情，却力透纸背，让人不由得热泪盈眶。后来还专门通话，给我叮嘱了不少细节，当时他母亲在他家，通话时老人家偶尔问他一点事情，他赶忙用垫江话说“等一哈儿，别个在打电话”，一直聊了很久。

后来去社科院跟奇生师读书，就是充分听取了他真真切切的建议，果然喜出望外，得遇明师。

2004 年 3 月上旬，我因为要先来北京熟悉一下环境，加上本科毕业论文要到北京市档案馆查档案，就来北京游学，待了一个月。

有天上午，天气阴沉，我也没跟刘老师联系，就直接去北大中古史研究中心找他，不想他在，见了之后，一点都不陌生，说，一起去吃饭，就跟康鹏他们一起去一个小饭馆。下午《四库全书总目提要》研读课，我本来对此有所了解，但还是被其中细腻而深入的解读震撼。当时似乎刘老师发表了一篇《正视陈寅恪》的文章，有学生问有多少稿费，刘老师用略带垫江口音的普通话说“那，那，没得好多钱”。稍微还有些口吃。他对学生的严格，在那堂课显得很突出，有的学生似乎有些坐不住了，他是直接批评。我听说不少学生曾经因马虎，被他不断质问泪流不止的。

当年暑假，我提前来京，因为找不到合适的住处，是他让康鹏帮我找的宿舍。

我们尽管同在一个城市，很多时候我还去北大听课，但绝少见面，似乎有一次见过，可能由于头发蓄得过长，他似乎有些不认得我了，尽管我们时常通电话，而且直接用垫江话。他接电话很少摆龙门阵，所以有时候就弄得有些无话可说，本来我是很能牵扯不少话题的人，我想或许这是他惜时如命的自然反应吧。

后来做编辑，他也能给我不少指点，我在中古史方面选择不精的话，他也直抒胸臆，让人很受用。他对事物的看法，很多都一针见血，但说话并不刻薄，这点尤其难得。

去年得知他得了癌症，我是想以亲身经历，劝他看看名中医，但可惜都无法通话，只是跟他家人说了几句，我也没好坚持。

最后一次通话，是在去年十一月的一天晚上，他在家里休息，已经出院，非常虚弱，又怕感染，拒绝见人，只好祝愿他好好休养。

2012年春，刘浦江老师于山西佛光寺前（罗新教授摄影）

《辽史》点校本修订工作总结会合影

不料，竟成永诀！

此前，我曾经请他将“五德终始说”这一课题在北师大出版社结集出版，可惜已经无缘。

刘老师治学，走的是汉宋兼采的通人路子。邓广铭先生所说的四把钥匙，他都有较深的体会，对于文献学极为熟悉。本科阶段对于《四库全书总目》下过很深的童子功，似乎还有遗稿，这是他治学的根基，再结合少数民族文字与文化人类学的新知，对于辽金史、民族史很多问题的认识往往别开生面。他的研究，讲究从史源学层面正本清源，厚积薄发，又富于思辨力，逻辑清晰，敢于触碰重大问题，所以根深叶茂，屡有创获。假以时日，在横的方面，他是可以宋辽金史兼通；于纵的方面，他对于正统论、文献学史一定会有卓然自立的著作。学问之事，贵在深造自得，他的学位仅仅是学士，声名并不显赫，可是五十之年却有如此大的成就，正当学术盛年却遽归道山，痛何如之！

刘老师是个有情有义的君子，洁身自好，很少有自己的圈子，一心致力于学问之途。他最怀念邓先生，也最感激邓先生，我认为他内心其实一直有一股争胜的热情，要以自己的努力，不负邓先生的厚爱与期许，加上天资卓荦，方才取得了如此优异的成就。他是有遗憾的，我也或多或少听说过一些，否则在事功方面以他超强的执行力，肯定会有不小的成就，可惜这一切已随风而逝。

川东尤其是垫江人有着快人快语的鲜明个性，刘老师就是典型。现在想来，略微遗憾的是，我们竟然没有一张合影，也从未正式吃过一次饭，或许在他在我看来，这些都只是一些繁文缛节，不值一提。印象中，他特别喜欢穿那身天蓝色西装，干净，明快，或许也是他做人做事的某种象征吧。佛光寺前那一袭从容的身影是如此从容潇洒，历史在这一刻定格。

夫子曰：“刚、毅、木、讷，近仁。”我想刘老师庶几近之。他朴实的面容下，其实暗藏着对亲人、师友、弟子，及学术、乡土、家国火一样的激情。这种情谊，离古人近，离今人远。这份情谊足以移人与感佩，他的用心良苦，换来了弟子们的郁郁葱葱，有口皆碑，足证其道不孤。

我第一次见他的那天上午，在朗润园路上见到了汤一介先生，还陪着老先生走了一段，后来策划出版他的十卷本文集。我印象中，汤先生也是那么朴质，循循儒者。

在过去的年关前后，那一天我所见到、亲近的两位杰出北大学人都遽归道山，作为倾心傅斯年一类北大人的后辈，心中顿觉怅然若失，这一感触，于今尤甚。

在中国人文学术与学术社会败坏到当下局面之时，此刻，我想最好的怀念，或许是多呵护一些读书种子，潜心读书，行己有耻，多一些疏离感，多想想更绵远的问题与路径。

这是一条艰巨的历史道路！或许只有心怀向死而生的决然，方能自我救赎。

谨以此文纪念乡先辈刘浦江老师！

写于2015年2月9日凌晨

三十岁以后，有机会我总鼓励四川、重庆（尽管现在划归重庆了，我依然高度认同川籍）的年轻人如果家境尚可，不妨多做学问。这些年垫江也有一些年轻文史学人涌现，而且势头不错。我不知道刘老师泉下有知会怎么想，他会不会有点迟疑地说："这，这是好事情噻！关键在质量！"但我想他肯定会赞许，因为川东人的气质就是要做跟别人不一样的事情，如果能造一点风气那会更好。我们后死者是有责任的，这当然不仅仅是为了家乡，更是为了家国。

2020 年 8 月 6 日深夜补记

想象近代中国的精神史

杨国强教授与湖南很有缘分。

他的导师陈旭麓先生是湖南湘乡人，与曾国藩同县，而处女作又是研究湘军开山祖曾国藩，精心结构，一举成名。这一看似偶然的相接，却似乎前缘于其少年时熟读成诵的《资治通鉴》，湖南人以经世之学著称，清末以来更以革命称雄，而《通鉴》旨在有益治道的精神意气，可谓相得益彰，使其文字与精神皆迥异时贤，氤氲久之，在低吟浅唱之中，给人印象尤其深刻。

作为浙人，他身上有着一种浙人的硬气；由于早年坎坷，他内心似乎又有着一段侠气；成为史家，他还凝聚了一团静穆之气。这些奇妙的景致经过史事与记忆的熏染，在回环往复之下，愈发显得熠熠生色。

史无定法

循着近代中国士人的文集、日记、书信、年谱形色不一的文献，他一一爬梳开来，在历史的轨迹中追寻前人的事功与言论，又在前人的表述与彷徨之中勾勒、刻写与生发近代中国知识人的苦闷与挣扎，这一心灵史的拷问，既逼近了问题与真相，又引起了不断的忧思。

他对于近三十年你方唱罢我登场的西方史学方法热尽管熟识于心，但却有着独到的反省，一方面汲引了西学的微妙之处，一方面则对不少学人为西学裹挟而去感到颇为不安。这些学风与学术的转变，其中其实依然有着梁启超当年所自省的梁启超式输入，国人一方面抱着急切的心理趋之如骛，一方面又似乎缺乏足够的耐心追踪其前后左右而尽得其源流，囫囵吞枣者不乏其人。

岁月蹉跎之后，三十年恍如白驹过隙，一个世代的距离尽管并不短浅，但学风的丕变与士风的延宕，似乎并未有格外的改观。不过著者本人却在文本的深度耕织之中，以一己之力，牵扯起属于他自己的整个近代中国史的脉络。相对于不少人愿意从下往上看的研究取向，他执着于近代中国知识人的心灵世界，宁愿相信作为近代中国社会的重心，士人阶层尽管随着科举制的废除日益边缘化，但其中深藏的经世情怀与不屈抱负，依然在灼热着这一百多年的近代史。

为此，他倾力于曾国藩的生命史，蔡元培的文化品格，戊戌到辛亥之间士人的求索与歧路，以及各类惊天巨变生死关头的出处、荣辱与义利。

在曾国藩传稿之中，他以简练的笔法，将曾氏几大重要关键点一一拈出，对于其团练起家之初的困顿与难局，对于其兵败如山倒之时的求死而不可得，对于晚岁本来可以功成身退却毅然拼死报国之知其不可而为之，都一一描摹，其中艰难险阻，似入曾氏之幕，听其运筹帷幄与呼天抢地，与其秉烛夜谈时而哀叹清廷末世之运。

以曾国藩结幕，以李鸿章、左宗棠、刘坤一、张之洞、袁世凯相继，清廷的同治中兴与季岁的新政作业，似乎可以有不错的结局，然而在人才逐渐凋零与时局日益维艰之下，世道的颓败宛如过山之巨轮，看似有其轨辙，却因外力的逼扼，章法顿失。著者热肠冷眼，在变局到残局的移步换形之中，深深纠结于历史的不易与难测，将家国命运之多舛化作高自标置的文字遗痕。

树欲静而风不止。西人的来华，远非佛祖骑白马入梦来那么美好，西洋的枪炮以足够锋利的棱角将清帝国督抚与将官的面子一一撕裂击溃并直捣京师，在因循已无法守旧的轨道里由试探到交锋到登堂入室将皇座扯作戏台。传言已不可信，西人由夷狄一变为洋人再变为西人，交割相关事务者由偏师蔚为大国，一时风潮所向，西人与西洋作为一种剪不断理还乱的势力，横亘于帝国的枝枝脉脉，让既往的繁华在屈辱中奄奄一息。

杨国强教授注意到，这些外来者恰似夏日由远及近的乌云，先是有那么一丝云角，渐渐有成龙之势，随后是乌云密布，最后则变得暗无天日，雷雨交加，国内局势愈加艰难，最终走入迷局与死局，朝野最终的决裂，一起骂倒的大海潮音，既撬动了清室的命运，又引发了数十年之神州板荡。

伴随这一日益复杂的局势的是，中国士大夫阶层由将信将疑，到自信全无，最终是对西人与西学全盘接受，恨不能将其化为己有，对自我的文化认同与文化自信支离破碎，已经无复此前那一缕悠然自得。

文化认同的裂纹，衍生出中国整体形象的负面化，甚至崇洋媚外的最终全盘胜利，自我与自尊被无限缩小，原本寄存于中国文化背后的民俗与伦理，由数千年士人眼中的定海神针，一下演变为时人眼中的历史包袱，一旦轻易割舍，原本期待甚殷的西政与西学，却在急就章一般的临摹中，最终成了扶不起的阿斗，纸糊的神座一直未能嵌入世道人心。

这一愈演愈烈的自我转换过程，最终并未因为皇帝的告别而终止，相反，随着民国初建，并未能兑现革命派所应许的承诺，一个皇帝没有了，无数大大小小的皇帝似乎又幻化出来，诸侯割据之势渐渐形成，最终引得曾经的老革命陈独秀等人于风雨如晦之际重启另一轮思想启蒙运动。

尽管对于陈独秀等人发起这一运动的个中细节有诸多歧见，但白话文的兴起，的确在继科举制废除、新学堂出现之后，更助长了知识的普及与报章媒介的声势，此前无比神圣的学问，一变而为知识青年手中的主义利器，在改造了自我的同时，也将触角深入到更广泛的地域。这一声浪的掀动，随后导致的革命一波接着一波，其中个体的命运，已经变得随风飘摇。

有感于近代中国皇权崩解之后神圣性的衰落，除了重访晚清士林古风依然的旧道德，他还致力于形塑蔡元培的文化品格，将蔡氏所着力再造的大学，作为近代中国文化重光的堡垒，凸显出其继承书院的一面，为民国建制性的文化机构重塑金身。在发潜德之幽光之余，更让人对道德感与神圣性有了切近的体认，而这一稍纵即逝的神圣性的灵光不再，也使得数十年如一日的打乱再造变得有些虚无缥缈，而无法安放的形而上宛如孤魂野鬼一般四处飘荡。

学有本源

作为浸淫中国近代史将近四十年的学人，在回溯这一激变之时，杨国强教授试图追寻的是近代中国政治与社会演变的内在逻辑，他显然更在意近百年精英人物的事功与议论，这些当轴者的一言一行，既改变了历史，也刻写了历史，进而化作了历史，其格局与识见的大小与高低，往往在不经意间牵动近代中国这首巨轮的航向。

时局的恶化，造成小修小补根本无补于事，不少堪称国本的建制比如科举制，竟然可以一时废除，此后局势一发不可收拾，士人从臣民慢慢因着新学的熏洗自认为国民，士子因着新学堂的无趣无助与新生计的了无着落，慢慢竟然可以无视“好男不当兵”的习语，开始纷纷涌往兵营与军事学堂，最后武昌起义的新军之中，秀才出身者比例之高让人触目惊心，一旦同路人被无情地扫地出门，形同陌路乃至寇仇，事后结局可想而知。

著者对此演变思路再三致意，不过他更想强调的似乎在于，历史研究虽然不妨吸纳新方法与新视野，然而这终究不是本源。当下国内史学研究者，反而应该摈弃西方的本本主义，回归中国自身的“本本”，即历史材料本身，在对于历史脉络自身的探究之中找寻历史的实际。

当然，杨国强教授并未反对新视野，但他更在意的是对于历史解读的深度，在他看来，看似沤浪相逐连绵不绝的各类新方法，其实最终并未搭建起迥异流俗的高塔，反而是一些本来脑筋极为清楚的学人，因为陷入所谓西方最新潮流的泥沼，给人云山雾罩之感，失掉了学人应有的反思力与新奇感。

史学最讲具体与具象，而外来的和尚如何念经，其实还有待长远的观察与踏勘。世风的急剧与功利，使得生存其间的学人极易著书皆为稻粱谋，心态与心术时常远近高低各不同，然而渐为世风所化的隐忧似乎渐生渐长。学史之人当然也是具体与具象，怀着方法论的冲动与学问前途的迷惘，往往容易夜半临深池，迷途不知返。

他最为担心的恐怕是，初入学问之途的年轻人，因着西方新知的新奇可喜，往往脚跟未稳之时，便已把持不住，最终收获的很可能是一头雾水，而学风的恳切与朴质反而渐行渐远。正如他在评点某些知名学者时所指出的，能读旧书方能知新学，初学者对此似乎缺乏应有的警醒。

其中症结，关键在于对于新知的吸纳能力，其实取决于自身知识储备的深浅，尤其是历史之学，作为一门经验学问，更需要一种识断与别裁，外来的方法与视野，如何与既有的学术脉络与知识传统结合，并且不那么生搬硬套，其实是戊戌变法以来不断翻新的老问题。

回到历史本身，其实更多是回到史料本身，在对于既有学术脉络与文本语境有深入理解之后，潜在的西学背景方才可以也更便于作为提示与活化的清新剂，使得首尾相应，互为奥援，进而将史料之中的元素进行更加奇妙的重组与反思。反之，则往往不免附会之嫌。

门径清晰之后，表述与裁剪当然可以自出机杼，瞬息万变。杨国强教授善于遣词造句，尤其长于将不少俗字出以新裁，进行更加紧凑的组合，然后以密不透风的论述将读者带入历史的深处与痛处，这一尝试既是史家独特的文字炼狱，又是读者惊喜交集的阅读奇遇。这一文体的实验，本身就是当代中文写作的大欢喜，在让人偶感不适的当口，却以史家个人的努力开辟了一出文字大戏，在当代史林独树一帜，而其凌厉与绵密的追问，在无形中示来者以标尺。

言犹在耳，作为著者治史三十多年的经验之谈，缘于掌握西学脉络之后，又对历史自身有切实的体悟，堪称尝试拨正某些学风的苦心之言。此外，他更期待能聚拢一拨志同道合的后生辈，让大家在风云相逐之中不忘历史的本相。

学脉有待

杨国强教授生于 1940 年代末，他所成长的时代是忧患大于安乐的苦岁，他本人甚至可以算是胡林翼所说的“苦人”；他所求学的年代则是昂扬多于沉静的热风，历史的冷板凳让人在青灯黄卷之中重温了前贤的沉寂与敬业，他也对那一段由问题与情绪搅动的时代念兹在兹，引发他对于未来更多的思虑。

相对于学风，时下的世风更让人有寂寞萧条之感，著者感奋于其师门的同声相求，尤其对于沈渭滨教授的道德文章再三致意，亦多次表彰同门与后辈耐得住寂寞的静气。在学问已经被命名为知识生产，学术水平亦可以数目字管理之时，如何固植年轻学人的定力与雄心，似乎已经迫在眉睫。

著者除了言传，更多则是身教，他身边聚拢了一波志在学问的年轻人，其中多有出自其他名师名门者，但都仰慕与钦敬于他的为人与学问，所以能够时时请益。以我粗浅的体会与观察，杨国强教授除了学问，似乎很少谈及其他，生活即学问，学问即生活，这无疑给学生辈做了极好的示范，让人在一世哓哓之中，反而平心静气，从容向学。

他出身陈旭麓先生门下，陈先生开始带学生时方才三十多岁，而他开始读拜入陈先生门下时也正是这个年龄，然而陈先生的通达与胸襟，使得其海纳百川，门下济济多士，良史如云，也无疑启发了他，使得他更多了一份薪火相传的道义与温情，亦多了一种自成一色的践履，学脉因之高回低转，曾国藩所瞩目的替手，移至学林，亦有感同身受之处。故此，面对学生辈时，他多奖掖之力，少苛责之锋。这一润物细无声的悄然转化，无疑吸引了更多后来的有志者。

他在给诸位年轻后辈赠书时，默察静观，因材施教，借古人之话头，讲自己作为师长的关切与期许，让人直入肺腑之时又不失三省之思。

这一努力的成效如何姑且不论，但于滔滔时流之中，悄然以清流一束，作为旧时学风的一种复燃，“万山不许一溪奔，拦得溪声日夜喧。到得前头山脚尽，堂堂溪水出前村”（宋人杨万里诗），那些潺潺勃发的未来，似乎正诗意无限。

原载《澎湃新闻》2017 年 1 月 10 日

书海拾贝

焦灼的盛世与变革

晚明，是一个最好的时代，也是一个最坏的时代。

最好，是说张居正以一己之力掀起变法，取得了不俗的功绩，而社会经济、文化思潮方面也生机勃发，不由得让人怀想致敬；最坏，是皇帝老儿可以数十年沉迷于酒色，数十年从此君王不早朝，庙堂之上的政治决策时不时被权臣操纵，激发了不少士大夫的反制与抗争，最终导致崇祯皇帝的悲戚结局。

《重写晚明史：新政与盛世》是明史研究专家樊树志教授五卷本《重写晚明史》的第二卷，作为一本向大历史的致敬之作，作者试图挣脱碎片化史学的弊端，着力解读晚明那段令人荡气回肠的历史。在作者看来，研究历史是为了创造更好的未来，以史为鉴，获取经验与教训。

这一时段，与黄仁宇《万历十五年》所处理的内容相近，不过黄仁宇是以人物为中心，樊先生则以重大事件与历史人物交相为用，在互动与纠葛中呈现历史的复杂面貌。

本书聚焦万历一朝的政治决策与军事方略，悉心解读晚明史料，对时人的奏疏、书信、文集，以及邸钞、实录及方志等文献进行深度发掘，重建了张居正新政改革与再造盛世的历史，这里既有张居正个人的升降沉浮，又有诸多臣子、僚属的喜怒哀乐，伴随着大政方针与进退出处，展现了丰富的历史细节。

让人印象深刻的是，皇帝与阁臣的问答对话，阁臣之间的冲突与互动，底层民众的抗争与呼吁。

本书分五章，分别描述了嘉靖隆庆时代的政局与内阁，张居正与万历新政，皇帝朱翊钧与首辅张居正，张居正之死与朱翊钧亲政，以及有名的万历三大征。从标题可以看出，这无疑是政治史的思路，而且主要是高层政治的博弈，皇权与相权如何运作，万历皇帝如何由幼童到独立掌权，而张居正又如何由权倾一时到尸骨未寒而惨遭抄家之祸。这里面的点点滴滴，无疑都渗透着权力的黑光。

作者虽然提倡大历史的眼光，真正叙述的却是不少生动的历史细节，比如对于嘉靖朝重臣徐阶为了避免刺激皇帝，如何策动扳倒严嵩父子，以及与后者怎样斗智斗勇，勘破相关的历史迷局，进而将严嵩父子一击致命。这里面既有正史的叙述，又结合当时的笔记史料，细致地进行了梳理。要言不烦，娓娓道来，将高层政治的沟沟壑壑和盘托出。这里面尽管是政敌之间你死我活的较量，不过不少罗织的细节，也有欲加之罪何患无辞的隐患，给后面绵绵不休的党争埋下了伏笔。

徐阶少年成名，才智过人，但又不恃才傲物，为了应付严嵩父子专权的危局，不惜与之周旋，甚至附籍严嵩祖籍，到严嵩故地卜居，一旦严嵩权势低落，立刻翻盘，将其推倒以便革新政治。当嘉靖皇帝去世之时，徐阶与张居正利用起草遗诏的机会，以嘉靖皇帝的口吻反思嘉靖朝政治问题与社会乱象，二人又代隆庆皇帝起草即位诏书，借此系统提出自己的政治主张，为后来的政治变革争取合法性。看似仅仅是细节，却保留了不少政治变动的生机。

哪怕在处理万历朝援朝抗倭七年战争如此繁复的历史事件，本书除了对于大经大脉进行了较为细致的勾勒，还引入不少人物对话与计谋，让人较为真切地感受到这场震动东北亚各国的重大战争，是如何影响了所涉及的三国精英与人民的生活，并带来了什么样的结局。

与此同时，作者并非仅仅掉书袋，而是将不少当时的决策及其后果，放在数百年的历史进程之中进行追问，比如对于播州杨氏叛乱的平定，就将其与此后雍正年间的改土归流联系起来，认为这一举措尽管耗费了大量人力与财力，但长痛不如短痛，这一决定有益于国家的统一。

樊先生试图追问：晚明社会自海禁开放后，经济日渐繁荣，思想愈加活跃。造就这一片欣欣向荣景象的原因，除了社会自身的自改革，是否还有朝廷的政策因素？如果有，那么，从嘉靖到万历，朝堂之上到底发生了什么？本书可以说给出了较为充分的解释。

原载《第一财经日报》2019 年 2 月 1 日

逼近明清之际的全球史

重访中国的近代化开端

中国的近代化开端应该起于何时？在当下，这似乎与所谓的明清资本主义问题一样略显无趣。

李伯重教授《火枪与账簿——早期经济全球化时代的中国与东亚世界》一书认为，火枪与账簿足以概括当时的时代特征，火枪代表了军事革命带来的新型暴力，账簿则意味着对商业利益的竞逐，二者共同构成了早期经济全球化时代的丛林法则，当时的中国已经无法独善其身，而是和其他国家紧密交织在一起，其盛衰已经成为一个世界性课题。就此，他试图将我们的视角拉向明末清初这一惊世巨变，从全球史的角度，对明朝的灭亡给出一个新的解读。而这就涉及中国的近代化到底始于何时。

以往的中国古代史研究，人们很容易沉迷于秦皇汉武唐宗宋祖的朝代分期与精英史观，更多以一姓一朝作为研究的分野，即使局限于此，也会再分而又分，主要聚焦于朝廷政争与中原地区的起伏，对于非汉族地区很少关注，更不要提环绕中国的四夷。

即使有机会涉及四夷，有意无意的“天朝心态”又更多停留于理想化的朝贡体制，以为蛮夷之地，可有可无，对于这些族群与国家的新变化熟视无睹，殊不知当时日本已是世界第三大人口大国，而且经济实力与军事实力几乎可以与中国相抗衡。

另一方面，对于遥远的欧洲大陆，我们似乎也仅仅在世界史研究领域对其 1500 年前后的重大变革有所关注，而对于这些变革如何影响中国的周边尤其是东南亚、日本可谓所知不多，恰恰是这些看似无足重轻的国家，却以其新的资本主义方式，以其小小许，已经给明清时期的中国以多多许压力与竞争。

李伯重教授号召跨出国别史与汉族史的局限，借助全球史与国际关系史的视野，将以往我们有些固化的历史认知进行重新调整，以便趋近于 17 世纪前后更加真切的中国及其周边。

角度切换之下，明帝国的东亚霸主地位看起来并不那么稳当，而周边所谓的蕞尔小邦往往实力雄厚，暗藏杀机，时不时给明帝国以刺激与猛击，此前铁板一块的历史叙述变得有些悄然松动。而这一切都源于经济全球化所导致的经济实力的变化，以及国际版图的重塑，辅以宗教势力的兴衰，在中国周边聚集起不少的地区性强国，而其实力之强悍已经足以威胁明帝国的安堵。经济的提升更造成军事技术的传递速率加快，新军事技术的传入也使得以往依靠人数优势的冷兵器时代之争存在了很大变数，西班牙、葡萄牙与荷兰往往以很少的兵力，就可以对东南亚甚至明帝国形成巨大的压力。

你来我往之中，经济交流与军事交流交相辉映，明帝国也在有识之士的奋发之中，将军事技术尤其是火炮、火绳枪的技术水准提升到了世界一流。这些变化巩固了明帝国的东亚霸主地位，但却又因其政治的腐败而最终葬送了大好形势。甚至最后，明帝国最优良的热兵器部队投靠了其敌方，最终加速了明帝国的灭亡。

史学新潮的激荡

宋人王安石曾说《春秋》是一部相斫书，我们此前的明清史研究似乎也不乏此类现象。

李伯重教授则秉持全球史视角，认为，一切重大的历史变化都不是忽然发生的，都离不开国与国间的联系与相互影响。由于作者极为熟悉世界史尤其是欧洲史的脉络，所以他引入了世界史上著名的“十七世纪总危机”这一论断，将本来就与外国牵涉甚广的明清更迭放入世界史的观照之中，使我们能够跳出政治军事冲突的单线思维，更加多元地去解读这一大变局。

本书注意到，在中亚兴起的帖木儿汗国对于攻占中国信心满满，明永乐二年（1404），帖木儿兴兵二十万远征中国，突然于 1405 年 1 月 19 日在讹答剌城病逝。在其陵墓内绿玉色的棺材上，写着他的豪言：“只要我仍然活在人间，全人类都会发抖！”与成吉思汗、忽必烈的宗教宽容迥异，如果帖木儿成功，中国将面对的是一位狂热的穆斯林征服者，力图用武力迫使中国人改宗伊斯兰教。这一此前语焉不详的细节，现在读来备觉惊讶。

作者专辟两章探讨当时文化圈的扩散，认为面对势不可挡的伊斯兰教东扩，“从蒙古、新疆北部、青藏高原到中南半岛的缅甸、暹罗、柬埔寨和老挝，佛教取得了支配性地位”，宛如形成了一道环绕中国的“佛教长城”，使得中国、日本、朝鲜和越南避免了印度、南洋群岛的命运。这一观察格外宏观，但却让人耳目一新，远非局限于中国甚至中原一隅者所能理解。

正如李伯重教授所言，我们以往在谈到与周边国家关系时，多用友好邻邦的说法通而化之，但其实背后往往并非如此，哪怕是以现行的外交史角度，我们也更多是从自身的角度，很少去倾听周边国家的声音。这样的历史叙述看起来完美无缺，实则充满了知识的傲慢，无益于历史的认知。

对于明帝国的军事技术成就，既有的认知并不十分明朗，本书则结合相关研究，给予了十分详实的解答，认为明帝国的军事技术水准已经接近世界一流，而这一成就，既是吸收了国外的长处，同时也有杰出匠人的创意。

不过，天时似乎并未给明帝国带来好运气，气候的变化造成了天灾的流行，由于气温降低，降雨减少，旱灾特别多，对华北尤其是蒙古高原影响很大，导致北方人不断南迁，如滚雪球一样，形成大规模、长时间的人口南迁的浪潮，对于当时华北的社会经济可谓是灾难性的。

再加上经常爆发的蝗灾以及瘟疫，明末宋应星认为当时天下“民穷财尽”，各种危机叠加，最终导致了明帝国的崩盘。

这些史学新潮带来的新认识，让我们在新奇的同时，又备感历史视角转换之重要，倘若陈陈相因，则无形中会遮蔽掉很多历史的复杂性。

公共史学的典范

英国史学大师希尔（Christopher Hill）曾说：“每一代人都要重写历史，因为过去发生的事件本身没有改变，但是现在改变了；每一代人都会提出关于过去的新的问题，发现对过去都有一种新的同情，这是和他们的先辈所不同的。”

本书的提出，其实也是李伯重教授从现在的世界情景与史学潮流的演变，所作出的总结与回溯。作者欣赏其好友、英国学者麦克法兰（Alan Mac Farlane）教授的学术旨趣，认为“日复一日地作习惯性工作，没有挑战，难免丧失研究带来的乐趣。转向新领域，必然面对新挑战，从而激发思维，获得乐趣。做学问是为了获得真正的乐趣，至于成败利钝，并非主要考虑的内容”，所以甘愿尝试这么一个新领域，对于明代军事史做一新的探索。这一尝试，从其行文与读者的反馈而言，可谓相当成功。

经济学大师塞缪尔森认为：“能用简短的言词就能说明的问题，为什么要用冗长的词句呢？抽象的思想需要通俗易懂的例证。”李伯重教授对此心有戚戚焉，试图以此书作为一个例子，向大众读者提供一种新的历史写作方式，充分吸收学界既有成果，以生动的语言与丰富的细节，向读者呈现明清之际这一巨变，但又完全不同于此前的政争重塑，而是从多元的史学新视角，将那一个激荡的年代平实地叙述出来。或许除了让人耳目一新的新见解，那些遍布全书的历史细节也会在润物细无声之中消解我们此前历史认知的条条框框。

作为一部集合各家说法的综合性著作，作者用自己的方式诠释了其他学者的作品，用自己的方式组织他们互异的发现和说法，然后提出自己对当时东亚世界的整体性看法。这一写法本身值得其他断代史与专门史研究者借鉴，因为我们的历史书写，很大程度上依然停留于自说自话的阶段，对于国内外研究的最新进展往往熟视无睹，很多本已更新的历史知识很可能并未成为史学同行的出发点，更无法进入大众读者的视野。这无疑是对既有研究的不尊重，也无益于学术共同体的成长。

英国史学大师巴勒克拉夫曾经批评许多历史学家“像老牌发达国家的某些工业部门一样，只满足于依靠继承下来的资本，继续使用陈旧的机器，生产出与过去一样的产品”。作者以为，“如果这样的话，一个学者的学术生涯也就接近于尾声了”。

作为学术工作，原本就该有着更高的标尺，在成名的学者身上，这无疑应该成为一种职业伦理。李伯重教授此书无疑为我们树立一个典范，学术探究，抑或学术旨趣，应当在不断地探寻中，呈现不同的历史风景，这源于史家的个体反思与再创造。

原载《新京报》2017 年 4 月 1 日

雍正帝的发明

现代告密制度的滥觞

对于清代皇权政治的评判，一直是一个众说纷纭的问题，在这一争论之中，雍正帝的身影若隐若现，相对于迷雾丛丛的民间传说，很久以来历史学界对于雍正这位拼命三郎式的苦劳天子，似乎缺乏足够深入的研究。

日本汉学大师宫崎市定独具慧眼，选中了雍正帝作为研究对象，试图对以往人们极不重视的清世宗进行一番细密的解剖工作。而其所凭借的最重要的史料就是雍正帝自己刻意保留的《雍正朱批谕旨》。

雍正帝为何要保留这样一大波历史文献呢？

他是出于自我剖白，让天下后世看看自己到底是怎样一位天子，性格尽管内向，但却勤于国事，如何在日理万机的同时，又苦口婆心地与来自各地的臣子或喜或悲，或怒或嗔，一道道心术与治术化为斑斑朱笔，在传播于民间的同时，也刻写出一代帝王的悲凉。

这一刻意保存的历史文献一方面满足了雍正帝的初步构想，另一方面又好似一座随时可以不断喷发的活火山，研究者可以从中发掘常读常新的理据与问题。

一般而言，臣子可以通过上疏向皇帝言事。不过，雍正帝却认为，这样的上疏，很可能只是表面文章，无法让自己洞悉官僚阶层与社会百态。于是他推出了密折制度，试图用密报的形式，让钦点的官员随时向自己汇报下情，而且让他们互不知情，形成暗中的监督与被监督，以便破除朋党，赢得真相。

更奇妙的是，雍正帝会随时在收到密折后，在上面尽情披览，随时将自己的意见签出，好似皇帝身边的秘密电话，随时可以连线，而雍正帝独特的话语时不时流露出其真性情，嬉笑怒骂，从朱批的行文与臣子的应对中，似乎可以感受到两造之间的生动表情，当然，更多是那些被视为倦于政事者的惶恐不安。

这些生动而让人备感压力的文字，其实凸显了当时已经比较成熟的皇权控制术，那些操控者与被操控者，无疑会让我们想到现代让人胆战心惊的告密制度，雍正帝以其精密的心思，俨然成为这一制度的发明者。

宫崎市定在日本汉学界有史学福尔摩斯之美誉，他独具慧眼地发掘了雍正帝的侧影，眼光不可谓不毒辣，用细腻的笔触比较全面地概括了这位“近世中国最具代表性的独裁君主”的统治术，透过作者所引述的雍正言论，为我们生动立体地勾画出雍正帝勤勉与好胜、辛辣暴躁却又充满人情味的复杂面相。

除此之外，作为外国人，宫崎市定对于当时民族问题与宗教冲突的揭示，也让人耳目一新。我们在研究清朝时，往往聚焦于汉化与否的问题，但其实这一族群互动的背后，还有很多复线的声部，比如当时满洲人的基督教信仰，甚至已经家族化，哪怕是刻意的压制也很难以收效。

他尽管对雍正帝的勤勉赞赏有加，对其统治手腕却有很多保留，以为“独裁统治下，密探政治的失败就在于君主反过来会被密探所误。密探如同烈性药物，副作用极大，另外，若是用错分量就会招致不可想象的后果”。“为了不被密探所误，不能仅抓住一条线不放，必须让密探形成纵横交错的系统。可能的话，比起专门设置密探类似性质的专门机构，让官僚之间互为间谍是最上策”。雍正帝的确是思维缜密的君主，然而过度的操劳，使得其身心极度疲惫，其猝死与炼丹术士当然不无关系，但其根源却在于身体过度透支导致病急乱投医，为其亲手构造的牢笼所窒息。

如果注意到此书的推出，其实是在上个世纪中叶，当时大陆学界对于清史的研究还有谈不上有多丰满，这一奇特的切入，既让人喟叹，又给人奇妙的柳暗花明。

充满善意的恶意政治

宫崎市定将雍正帝的统治内核定义为“独裁”，认为在长期的潜邸生涯中，多次目睹太子废立无常的宫斗戏，雍正帝养成了隐忍的独裁人格。

让人有些意外的是，出现在朱批奏折里的雍正帝，感情丰沛，文字浓烈，给人以随时可以兴发之感，但是言语的刻薄与冷嘲，却又随时可以翻云覆雨。

在宫崎看来，“专制君主制能够在中国存续数千年，是因为它具有某种程度的灵活性，随着时代的进步而进步。幸或不幸，历代明君圣主不断改良君主制的理想和实施，维系着沉默大众的信赖。雍正帝的独裁政治正处于其顶峰。于是，信赖独裁制的民众被引上了若不是独裁制国家便无法得到治理的方向。这对中国人民来说的确是可悲的结果。从这一点而言，不得不说雍正帝的政治实在是充满善意的恶意政治。”

雍正帝以其聪慧，可以说把君人南面之术发挥到了极致，使得皇权似乎拥有了无所不在的掌控力与灵活度。作为君主，他的确善尽了职分，试图将子民的甘苦视为自己的甘苦，但是这一看似合理而精密的监督制度，却导致了官员之间的互相猜忌与上下相隔，在看似温情与细致之中，蕴藏着皇权的深不可测与无情冷漠。

高处不胜寒，雍正帝的继承者尽管有所拨转，但其实依然沿用了其既有的陈迹，在铸就了“康乾盛世”的宏大格局之时，背后却潜藏了无尽的社会危机。看似圣天子无所不在，士大夫的襟抱与气度却日益逼仄，整个社会在既有的轨道上滑行，所以才会有道光年间的巨变与惨途。

专制的局限既已如此，然而习惯了专制之人，却无法跳脱自己的皮肤，除了少数人偶尔愿意在螺蛳壳里做做道场以外，除非强烈的外来冲突与激变，很难有整体突破的勇气与机制。后来者龚自珍笔下的“万马齐喑究可哀”，所哀者正是积重难返的体制与久锢的人心。

这一沉闷的空气，在雍正帝的强力突围之下，依然未能打破，如此精心缔造的统治术，到头来收效依然不甚明显，这无形中提示我们，对于清代统治似乎不宜估计过高。

历史研究的大局观与明快感

宫崎此书推出以来，中日史学界不少后来者在宫崎的研究之后，就军机处、耗羡归公、社会动态、地方乡绅等课题进行了更为细密的讨论。宫崎的研究可谓将政治史研究上一笔带过的雍正帝复活起来，由此带动了雍正帝及其时代的纵深探索，但不得不说，这一过程至今依然在延续。

作为日本历史学家，宫崎市定的研究角度能够跳出中国学者汉化模式的窠臼，将此前不那么为人所注意的满汉矛盾与信仰冲突一一揭出，不过也不得不指出，宫崎市定的研究其实也有其特殊用意。

宫崎对历史研究有一极具洞见的看法："历史研究的成果要公之于世，如何表达的问题与理解问题、评价问题密切相关。因为，对历史事实理解的深浅、兴趣侧重、评价大小都直接影响表达的巧与拙。文章并非仅是印在纸上的墨迹，必须由不吐不快的语言构成。因此，没有信心和热情，笔下不可能产生像样的记述。"

宫崎市定留学巴黎之时，对于侦探小说极为着迷，尤其钟爱乔治·西默农（1903—1989）的《麦格雷探案集》系列，无形中甚至影响了其历史观。雍正帝晦暗不明的形象，经由酷爱侦探小说的宫崎之手，得以拨开云雾见青天，此事想来也是非常快慰。宫崎的回答是："对于所有的问题，都应当像麦克雷侦探那样，最明快地将把谜题解开。"

如何快刀斩乱麻？除了史料的熟练，他更强调鲜活的历史感。

他甚至由西默农的小说引申出“首先把握住那个时代那个社会的大局，将现在所研究的问题置于其中加以定位，这样的出发立场毋宁才是最重要的。如果个别与整体之间无法紧密贴合，那就一定是什么地方的判断出了问题了”这一看法，这也使得本书在随着故事的推进而曲折环绕时，还能让读者能有比较清晰的脉络。

这一旨趣，使得人们能够经由宫崎之眼，将雍正时代做了一个细致的侦查，进而由皇帝的个体言论，摸索出当时中国人奴性的演变与深化，这实在是一个触目惊心的过程。

此前京都学派给予一般中国读者的印象，似乎都是以考证精密著称，甚至有时还显得有些琐碎，不过内藤湖南与宫崎市定的著作，却给人以大气磅礴之感。其中一些观察或许有着日本人特有的局限甚至傲慢，但其广博的学术视野与精准的历史洞察，却是不少后来者所匮乏的，这其中也包括国内不少历史从业者。

真正的历史杰作，是可以超越时代的，它往往既有精密的考据，也会有令人惊艳的分析，可以不断在回眸与反刍之余，让人回味无穷。宫崎此书的不少结论经过半个多世纪的推进，似乎都值得予以修正，但是真正亲近这部名作，依然会被作者清晰的叙述所撩拨而心动，而宫崎冷峻的历史分析，又让人对当时中国的民族性感到些微的绝望。

这一令人为难的历史记忆，有时或许正潜藏于无数后来者的内心或肌理，能否剔除以及又将如何剔除，似乎值得不断回望与反思。

原载《经济观察报》2017 年 3 月 30 日

泅渡十九世纪的历史之海

随着学术体制与学术风气的转变，史学研究变得越来越专门化甚至公文化，俨然已经成为世界性现象，不要说爱好历史的公众读者觉得读起来让人昏昏欲睡，就是稍微不同研究圈子的同行要真正读懂也颇有难度，司马迁那种“通古今之变”的史学雄心，在当下变得益发艰难，甚至会被不少同行视为“野狐禅”或不自量力。

《世界的演变》的作者奥斯特哈默，隐居于德国康茨坦茨大学，却不惜冒险犯难，对此别有一番思考。他认为相对于中国人在十九世纪的屈辱性叠加，对于欧洲而言绝对是一个重大政治理念汇聚的时代，科学化的时代，铁路与工业的时代，正是在这一阶段，民族主义和欧洲帝国主义向全球扩张，世界日趋一体化，全球史时代显得不再牵强。他试图从世界史的角度描绘和剖析这段历史，因此被国际历史学会前主席于尔根·科卡誉为“德国历史写作中的里程碑”，作者本人也被誉为“有关 19 世纪的布罗代尔”。

微小关联的巨大网络

但是，倘若你以为此书是让你读起来条分缕析，类似依照年代顺序逐一叙述，然后会不时丢给你来几个包袱，让你会心一笑，顿时感到满足，那就大错特错。

此书的写法与体量都很可能会让读者感到不适，皇皇近乎2000页，一反此前历史写作的格式化与条分缕析。作者有着问题史与叙事史并立的野心，所以呈现出了无数十九世纪的历史细节，而这些细节又以网状的形式分散开来，勾连起这个时代的性格与温度。作者“决定撰写一部由无数微小关联构成的历史，是因为与那些阐述宏大理论的著作相比，这类历史写作迄今较为罕见”。

这些探索搭建在近3000种一流的世界史研究论著之上，他们被作者按照结构史与意象史的思路，一一编排成重装部队，期待着读者穿过黝黑的历史之海，泅渡前行。

本书的写作方式颇为独特，读者可以从头开始阅读本书，也可以从任何一页打开然后读下去，而不会觉得有多么突兀与懵懂。本书结构是松散和开放的，即使没有读过前一章，也不会影响理解后一章。前面大半部分是由对一个个学术话题的详尽论述汇集而成的，剩下的部分是由若干论述大量单个主题的短小章节组成。

作者不时在这座历史建筑中拾掇一些花花草草，更多是那些奇异的芳香，不过这种写作，其实也有冒险之处，因为缺乏聚焦，好似致命的迷迭香，会让习惯清爽的线索式阅读的读者一时头大，作者的叙事方式，似乎是在结构史与记忆片段之间不断切换。

这种蒙太奇的手法，让人有行游于19世纪的快感，但有时又不免迷失于历史之海，相对于英国马克思主义史学巨匠霍布斯鲍姆的近代史四部曲有着严谨的方向感，此书过于缺乏明显的线索，让人不由得有些茫然无措。

不过，透过作者有些跳跃的各个章节，读者或许会认识到作者内心其实是想描画出这些建制型现象在面临19世纪的碰撞时，会发生了何种形式的强力扭曲，以至于跟此前的形态已经迥异。透过这些变异，会认识到19世纪改天换地的重大转变，尤其是欧洲当时的生命力。

远近高低各不同

本书分为三部分，作者处理了如麻的问题，除绪论外，十八章分别是：

《记忆与自我观察——19世纪的媒介式永恒》

《时间——何时谓19世纪？》

《空间——何处谓19世纪？》

《定居与迁徙》

《生活水平——物质生存的安全与风险》

《城市——欧洲模式与全球特色》

《边疆——对空间的征服和对游牧生活的入侵》

《帝国与民族国家——帝国的惯性力》

《权力体系、战争与国际主义——两场世界大战之间》

《革命——从费城经南京到圣彼得堡》

《国家——“最小的政府”、统治排场和“未来隶属”》

《能源与工业——谁，何时，何地，解放了普罗米修斯？》

《劳动——文化的物质基础》

《网络——作用范围，密度，网眼》

《等级制度——社会领域的垂直维度》

《知识——增多，浓缩，分布》

《“文明化”与排异》

《宗教》

与其说作者是想写一串串记忆片段，不如说是试图从大文化史的角度，对于19世纪的整个架构进行一个重新梳理，在18个侧面对19世纪进行了深度解剖。当然，在这一过程中，作者并未仅仅局限于物质流变，而是将其中不同人群的命运交织在其中。

这一写作思路，跟以色列史学奇才尤瓦尔·赫拉利《人类简史》颇为近似，不过后者将历史时段伸长到人类既有的文明时段，勾勒出了从十万年前有生命迹象开始到21世纪资本白热化、科技智能化的人类发展历程。

这些章节有时更像是十八本小册子，每一章都可以单独进行，汇聚到一处好似集束炸弹，让读者呼吸都急促起来。在处理人口迁徙的问题时，作者聚焦于流亡、流亡地与种族大清洗，这些愁云惨淡的记忆，在一组组人口数字后面益发灼热起来。不过他笔下更多是欧洲的经历，倘若关注一下清朝这一百年的流放，比如那位主张严禁鸦片的林则徐，就因为英帝国对于清帝国的鸦片输出最终惨遭流放，两大帝国的角逐牵扯了无数官僚与平民的命运，而林则徐为此不得不跋涉数千里前往清帝国的西陲。

类似叙述正是作者的关切所在，看似冷冰冰的数据，却勾连起不同族群与阶层的喜怒哀乐。读者或许会留意到很多这种数字与细节之间的交集，时不时会有浓重的叹息。

“欧洲中心主义”想说告别不容易

全球史学当下正是热点，要拨正的是既往的“欧洲中心主义”，不过作者却认为这对于19世纪而言，或许有些矫枉过正之嫌，因为光荣属于19世纪的欧洲，当时的欧亚大陆，亚洲除了少数国家，基本上正面临整体的崩塌式衰落，比如曾经在欧亚大陆长盛不衰的中华帝国。19世纪的末端就以欧洲列强狂扫其首都、迫使皇室仓皇逃窜告终，相对于中国境内的内乱比如“安史之乱”，庚子拳变所带来的是中华帝国彻底的低谷与沉沦。

这一时期的欧洲，在世界竞争中表现得如此强势、富有、极具影响力，在欧洲历史上也是空前的。作者循着欧罗巴的19世纪一路狂歌，但却将触角置于隐秘而狂躁的细部，以至于那些碎片因为这个时代而生机勃勃。

在叙述非欧洲历史时，作者充分吸取了最新的成果，揭示那些欧洲与非欧洲的对抗与交融，让那些明暗相间的地带变得清晰起来，对于那些备尝命运艰辛者给予了足够的关切，尤其是诸多层面的自我革新与抗争。

无法摆脱的困境

与法国年鉴学派重镇布罗代尔有着很大区别的是，作者并未沿着长时段、中时段与短时段的路径推进，而是选择了19世纪史上开始日益重要的历史现象，纵横东西，将其来龙去脉一一细化。

《纽约书评》称本书是“后冷战时代一部最重要、最具影响力的历史著作”，不过如果仔细斟酌，作者巨大的企图心，其实有着相对而言极为致命的缺陷，他所根据的更多是二手研究论著，而不是一手原始文献，尤其是涉及非欧洲历史之时，他所立足的是欧美汉学家的相关论著，比如他关注中国城市汉口，就是建基于美国汉学家罗威廉的汉口史著作。所以在有些方面，相关章节感觉更多是文献综述，实际上离真正的深度历史真相还较为遥远。

这一方面的探究，就与布罗代尔的法兰西时代与地中海时代有巨大的差别，作者关于城市的写作显得有些浅尝辄止，因为城市的类型与功能就是在清帝国就有太多的分别，使得读者很难从其中得到多少真知灼见。

同为德国人的思想家本雅明自我期许为城市漫游者，他所著《巴黎——十九世纪之都》，以及随后的《拱廊街计划》，都是对于城市的致敬之作，其中对于城市缠绵低徊的情愫，让人感慨万分，不得不说，作者如此的处理的确值得再讨论。

与此相关，作者对于革命的推断与概述，其实也谈不上多么出彩，巴林顿·摩尔、查尔斯·蒂利与霍夫斯塔特对此都进行了极为精深的分析，更何况革命其实最为剧烈的时代，一在18世纪的法国，一在20世纪的苏联与东亚，作者对于这一章甚至包括宗教部分的选择，似乎有点失之草率，毕竟宗教关乎心灵，过于类型化的写作，注定显得收效甚微。

我们一方面钦佩作者巨大的历史视野，但另一方面不得不说，这真的成了宏观历史写作者的阿喀琉斯之踵，或许选择一个问题而不是一束问题，会使得宏观历史的演绎会更有打击力。

掩卷思之，如果对于作者没那么有把握的章节，可以选择性放弃，再对于另外一些章节进行“深描”，或许给人的刺激会更不一样，毕竟既有成果如果足够出彩，再进行综述与阐释，似乎反而不够谨慎。

对于这个更倾向于冲突，同时也更愿意自省的19世纪，作者给出了足够大胆的解释。他认为19世纪的特质，不外于：生产效率不均衡提升，流动性增长极为频繁，文化交流与感知日期便捷，平等和等级制之间高度对立，所以也带来最后一个特征：解放的时代。

不过看似这部“不可能完成的世界史”还是完成了，而且相对来说，其野心与构思也足以将整个19世纪的历史时空放入囊中。这一幕的结束，他更愿意认为是1918年秋，人们的怀旧心态日发浓烈，茨威格的回忆录便名曰《昨日的世界》。20世纪20年代，人们在一战的惊悚与伤痛中，慢慢开始期待一个新时代的来临。

这一概况是否得当，我们反而不太在意，倒是作者的写作方式与历史思考逻辑别有一番会心。

呼唤历史写作的多样性

正如作者所说："多样性，正是当下历史写作的魅力所在。它不是肆意和武断的，而是必须与学术研究的步伐紧密相随。其所述史实必须精确无误，其解释必须合理且具有说服力。但与此同时，当代历史写作也为研究者开启了一个巨大的自由空间，使每个人都可以将自己独有的风格赋予其上。"

这对于专业历史学家而言，的确是一个让人为难的挑战，一方面受限于学术评价机制，另一方面又无法抛开习惯成自然的学院派写作方式。如何尝试新的历史写作，其实不见得是所谓的文笔问题，更深层次而言，毋宁说是一个人的趣味问题与思维方式问题，但我们自我封闭，安于陈陈相因的文章逻辑与圈子文化，再来切割已然结结实实的记忆铠甲，谈何容易！

然而，历史需要变革者，历史写作更需要猛士敢于直面惨淡的阅读趣味与书写桎梏，从那些清规戒律之中挣脱出来，将或清新或冷峻或温润的文字精灵召唤回来，拖进历史写作与历史阅读的记忆之场。

这是一个历史阅读已经多元化的季节，但年年岁岁花相似，类似黄仁宇或本书的写作实验，离中文历史书写似乎遥不可及。

中国历史学家一方面拼命想把历史搞清楚，另一方面对于巨大受众群的历史阅读冲动与当下历史书写漠然置之，这本身就是一种残酷的历史意义的自我消解。中国有着历史阅读的浓厚氛围，但不少读者往往只能从外国学者那里找到有趣的阅读体验，这无疑是中国史学界值得深刻反省的事情。

本书对于中国历史学界，好似来自一所德国小城的历史同行极具挑衅的眼神，是迎面而立，抑或笑而置之，其实正预示着吾国史学界，未来在应对非虚构写作的生机或困顿。

原载《经济观察报》2016 年 12 月 15 日

重构民史的有益尝试

一百多年前，浪迹东瀛的梁启超曾感叹中国古史往往聚焦于帝王将相，对百姓的记载却常付阙如，提倡写“民”史。虽然任公先生当时的关怀有点儿“别有用心”（初衷不一定是想提升史学），但从这一想法的提出到现在为止，国人关于“民”史的成功之作似乎还不多见。王笛先生的近作《街头文化——成都公共空间、下层民众与地方政治，1870—1930》（以下简称《街头》），无疑是制作“民”史的有益尝试，当然他不一定就是有意在呼应任公先生的主张。

“街头”与“文化”的对接应该是王先生的发明，尽管先前有美国社会学家威廉·富特·赖特的《街角社会：一个意大利人贫民区的社会结构》，融入“街角”去观察一帮社会青年（用四川话说就是“街〔念‘该’〕娃”）的日常生活。街头在书中作为地点，就是成都的公共空间。在好像不讲空间就不足以称之为“新文化史”的倾向下，王先生对“空间”的定位相当契合，人们承认它的存在，因为它就是活生生的街头，在这里即指清末民初的成都街头。街头就是城市里两边有房屋的路面，逼近街头的乃百姓的屋檐与街沿，跨出门槛就是日常生活的街头。书中描述的是升斗小民的酸甜苦辣，由于自身资源的限制，共享的街头地坝就成为他们表演的舞台。

导言交代了此书的缘起，以往的中国城市史研究较多将视角集中于沿海沿江城市或巨型的政治中心，海内外对上海的研究已蔚为大观，但对内陆都市的关注显然就很有限，即使有检讨内陆都市的著述，大多为通论性的文字，缺乏以问题史切入的表述。司昆仑的两项成都研究很大程度上是从上层精英或改良者的角度切入，制度是否落实到百姓身上，小民的反映如何？则是王先生著作的关注重点之一。

其实这一视角前人或许也曾设想过，陈寅恪在1930年代就提示过，“照今日训诂学之标准，凡解一字，即是作一部文化史”，关键在于解何字与如何解。令史学家困惑的是史料的获取。著者广泛收罗中外与成都相关的文献与图象资料，集腋成裘，为世人展现出老成都的多彩画卷。

不过，相对于著者在史料方面的努力，倒是他切入问题的方式给人更多的启示。日常生活常常为人们习以为常，如果让成都人来讲，或多或少都能说出些道道来，但怎样点化这些零星的材料？如何不沦为摆龙门阵的流水账？以往的研究可能更喜欢那些硬性的制度与人物，对社会肌体的血肉的关注相对较少，问题在于如何解释。没有恐怕也不会有太多指标性的尝试，而是描摹众生的日常。

著者试图告诉我们，那个时代的成都民众在何地，是怎样过日子的，他们对世道怎么看，著者尝试着讲故事，而又不是仅仅一两则爆料，或许深描一个人的故事的可能不太大，著者讲了各种人的故事，尽管经常是通过改良精英与外国人的叙述。你会感觉到，幸与不幸，生的狂欢与死的狰狞，平淡与精彩，一起向你涌来。街头与人们的日常生活密切相关，他们开门七件事：柴、米、油、盐、酱、醋、茶，往往都在街头的小市上解决，街坊之间大多熟识，买卖双方远远超出商业的交换，人情世故也相随其间；平民充分地利用街头谋生，摆摊设点，流动货郎，轿夫与乞丐，林林总总，人们想方设法以自己的一技之长解决口食。街头也是民众的休闲场所，邻居间要么聚在地坝，要么在街沿忙手边的活计，摆龙门阵始终是一种休息。当然，大家更多地付几个茶钱，到茶馆吃茶去。茶馆没有逐客令，只要你愿意，一碗茶从清早坐到打烊，享受悠哉的同时更可饱餐那边的各种物景。在日常生活中，人们形成自我的圈子，乞丐也拥有自己的同道关系网，哪怕清末民初改良精英试图将他们捉到改良工厂教其一技之长，他们不少人选择的却是逃避甚至逃跑。

“民”史的设想虽然并不缺乏，可是著者的功力更多的是起而行，他似乎是民众的朋友，在走街串巷中听他们摆龙门阵，见证他们的苦与乐。一旦天下多故，著者好像与他们一道，站在成都街头，看精英们的演说，同大伙一起激动甚至感动得泪流满面。阶级斗争年年讲的年代，人们对农民战争的热情过多集中于批判所谓地主阶级罪恶的历史快感，倒是对那个年月农民的所思所做，由于稍微着重于解救历史上的穷苦大众，却并未太多彻底地把穷苦大众的事情考虑周详，所以当他们的思维接触到事实的领域时，就看不到完整的事物。而著者却能深入情景，尽力“看到完整的事物”。

过去我们较喜欢从政策制定者与执行者方面考虑问题，比如说喜欢将改良者定位为“启蒙者”，而一般民众则成为杠杆的另一端“被启蒙者”，姑且不表将“启蒙”置于中国当时的语境合不合适（启谁之蒙呢？中国兵不如人，势不如人，难道我们的文化也真的可以放在西化的天平上一称见分晓？），著者心细如发，他发现，在一拨接一拨打乱再造的改良或革命中，民众平静的日子被搅起深深的涟漪，如果说起初他们还比较配合，那么到他们发现涟漪化为回水沱，偌大的成都街头已经放不上一口破旧的饭碗之时，尽管他们面容悲凄地四处述说，然而改良精英往往为宏大的（其实更多是自我的臆想）目标而激奋不已，作为参与者的民众只好成了历史祭坛的牺牲。

改良者的善意与宏伟抱负并不很为民众所理解，倒不是一定是由于人们麻木、保守、落后（这些字眼是当时的改良精英可以脱口而出的民众评价），问题是民众的赖以维生的陈谷子烂芝麻被改良运动一抛了之，本来就近乎一无所有的下层民众现在只好沦落街头甚至抛尸荒野。

当然改良精英与民众之间有的不仅是苦涩，比如在保路运动中，他们就以国家与地方的名义号召民众，在军阀混战民不聊生之时组织力量维持社会秩序；但是新式控制体制（比如警察制度）引入后，民众更多的成为被管制对象，原本自由的民众常因“不文明”而被干涉甚至受到处罚。新式控制方式的确立在给民众尤其是市容带来“文明”的同时，却使得街头原来的主人——下层民众靠边站，成都还是那个成都，街头却不再是他们的街头。

下层民众也利用街头来发泄不满或寻求支持，民众之间的冲突颇为常见，尽管相对于政治巨变的暴风雨来说只算毛毛雨。家庭纠纷中的弱者通过将“家丑”外扬来得到街坊的同情与维护，因为生活空间有限，跨出门槛即是街头。小偷与警察捉迷藏，寻找一切机会尤其是节庆日下手，甚至有与官方勾结一起分赃者。茶馆是不允许艺人去喝茶、看戏的，一旦被发现就会被逐出，一些艺人试图挑战这一规则，常常以失败告终，于是优伶们只好建立自己的茶馆；茶馆的悠闲中有时也不乏生猛镜头，不经意的饶舌可能导致斗殴，抢座位也容易造成大打出手，偷茶具的小偷一旦被逮住，茶馆就显得分外热闹，因为这是无聊茶客难得的消遣机会，而茶馆内部也会发生纠葛。晚清的戏剧改良禁止“淫戏”“凶戏”的上演，戏班的生存更为困难，为吸引更多顾客，只有想方设法演演被禁剧目。

在妇女身上可以看出改良精英的困境，他们一方面呼吁天足，另一方面却对妇女出现在公共场合限制多多。有趣的是，由于妓女往往引领时尚潮流，“正派”但时尚的女子常会被误认为妓女，引得众人围观，警察这时只好令其坐轿子回家。其实精英对妇女的限制也有一定理由，当警察尝试让妇女较多的参与公共活动时，她们极易成为凝视的目标和无尽的谈资。女学生则有较高的社会地位，因此一些下层妇女将自己扮成学生。一旦被警察发现，则会遭到斥责，因为“清名”不容下层染指。但她们的确在公共空间的享有方面有了扩展。

妓女显然是另一类妇女。清末警政兴起后，先是将成都所有 325 家妓院定为“监视户”，并将写有“监视户”的木牌挂于门外，以与普通家庭相区别。有的改良精英将妓女的名字编入书中，以警告人们远离这些女人。地方当局开办“济良所”以拯救妓女，要求其学会识字、计算、做工，以后有一些妓女选择结婚，并被作为样板向女同胞们宣传。然而真正想从良的妓女其实也有不少困惑，即使她们结婚了依然背负“前妓女”的名分。有一做小生意的店主爱上一妓女，正准备成婚时，警察却拒绝颁发结婚证，还要强行将妓女送到济良所，声称他们结婚违反了规定。男子在不能与心爱的人结婚的折磨中发了疯。有的妓女显然有意挑战精英的规定，她们衣着光鲜地出入街头，弄得精英不得不呼吁“如此行为宜严加干涉”，因为她们的出现吸引太多眼球。

共和的出现却导致强势权威的失落，小民的生活愈加漂浮不定，他们对共和的体验是残破的。形式的变革并未改变世道的无奈，脚夫、轿夫、乞丐、流民靠出卖体力维持生计，当他们年老甚至仅仅是力衰时，饿死的可能性极大；天寒地冻时节，“路有冻死骨”的情景屡见不鲜。

书中讲述了各种小民的故事，但这些故事的大背景却相当清晰，即中国由王权时代向共和国家转移，国家权力逐渐透过原有的绅士政治浸入地方街区，以西方（更多的可能是以日本，例如书中常出现的警察局总办周善培就有较多的日本体验）为模板的新式体制开始在帝国版图上疯长。想要寻求系统的小民解释的读者或许会失望，因为精英既创造了历史更记录了历史，那些创造历史的小民只有在精英叙事的缝隙里透出一缕阳光，琐碎才是真实。著者自身或许也感受到深入发掘的况味，所以书中常常有些“无可奈何花落去”。

初展此书，曾疑惑通过大多为他者的记述，是否能建构出小民的群像，随着阅读的深入，或许著者的成都经验较好的处理了那些差异，笔调显得温和细腻，疑虑顿消。

走笔至此，突然看到一则今年发生在西部的图片旧闻。照片上是一横卧于高压线底下的男尸，头被白布盖着，上身半赤裸。配图文字说明，此乃一刚从监狱释放的罪犯，不想贼性不改，又干上偷盗高压线的勾当，孰料电网恢恢，被电击致死，怀里还揣着刑满释放的证明。记者的笔调里流露出对偷盗国家财产的愤怒，应该看出他觉得该犯的确是罪有应得。可是，该犯为何去偷盗而且是去摸电老虎的屁股，他的家庭现在怎样，他出狱后有什么活路，这些显然都没能入记者的法眼。顿时才发现个中的思维进路是那么的传统！也理解著者为何在书中显得对改良精英有着些许怨怼。

十年前著者推出《跨出封闭的世界——长江上游区域社会研究（1644—1911）》，试图用整体史的方式展示清代长江上游区域社会的实景，其中带有较多布罗代尔的影子，当时书中对现代化的反思颇多见道之解，但着墨更多的是是什么。十年后的《街头》，流光溢彩的故事使读者与那帮民众有了亲近感。

序言里讲述了寻找大卫·格拉汉姆的艰难历程，搜寻仅仅三幅图片的版权。本书的特色之一就是广泛利用图象资料，有地图、漫画、照片、风俗画，有 120 余帧，照片中既有外国传教士的作品，又有著者 1990 年代的采风，时间跨越虽长，却都能反映成都街头的众生相。图象资料的引入，并非单单为图文并茂，因为清末民初的剧烈变动使得民众的服饰、发型的变化极大，而照片则使读者一目了然；有的漫画（多采自当时的报刊）刻画出警察干预小商贩的蛮横，其中一幅画的是警察双手狠命地挥动警棍，将一金钱板艺人打得夺路而逃，金钱板散落在地。小百姓不仅生计没保障，即使挣辛苦钱也因有碍观瞻而被毒打。而今人的长卷风情画《老成都》恰似《清明上河图》，将清末成都用工笔勾勒一过。不少传教士所拍摄的照片则让我们逼近当时的民众生活，他们的面部表情，乍接镜头时的错愕，双手搭凉棚以避开阳光打量远处的姿式，街坊之间边忙手中活计边摆龙门阵的自得，或许每一读者对这些图片都会有自己的理解，但大量珍贵图象的介入，却给予读者更多参与的机会。

读者总喜欢得陇望蜀，成都人说的是四川话，图象可以显示他们的身影，然而对颇有特色的四川话就无法烘托出来。以茶馆为例，清末民初的北京、杭州、汉口等地都有茶馆，或许人们的身形相差无几，方言可以说是极具辨别意义的符码，那种众声喧哗的不亦乐乎显然值得期待，不知是否有些己所不能，偏施于人？既然著者已为我们别开了图象成都的生面，不由得读者不期待著者能给成都街头引入声音。其实在书中著者也有所尝试，比如叙述了带有浓郁地方风味的商业吆喝。

“民”史关键在有“民”，著者以鲜活的画面凸显当时民众的日常生活，给了史学的书写以另一种可能；尽管他所着力描摹的已化作留不住的斜阳。

原载香港《二十一世纪》2007 年 10 月号

小茶馆大世界

——对抗与递嬗中的成都记忆

王笛教授的新作《茶馆——成都的公共生活和微观世界（1900—1950）》（以下简称《茶馆》）是其“成都三书”的第二部，此前《街头文化——成都公共空间、下层民众与地方政治（1870—1930）》推出后广受好评，一时洛阳纸贵。前度王郎今又来，经过十年磨一剑的砥砺，《茶馆》姗姗来迟，给读者提供了茶馆这一最具成都特色的公共舞台的全景书写。

著者企图透过茶馆来观察中国 20 世纪前半期地方文化如何竭力抵制国家文化同一模式的推行，以及国家权力对地方的侵蚀与渗透如何遭到地方的“弱者的反抗”。全书从社会文化（悠闲与休闲，戏园与观众，阶级与性别）、经济文化（茶馆的管理与竞争，周旋于行业与国家之间的困境，茶馆伙计的生存状态与形象）、政治文化（茶馆里的社会力量，日常生活的冲突，国家对茶馆的逼压与政治空间的缩小）的角度切入此一时段成都的历史现场，最后以茶与酒、中西公共空间研究的对比作结。

与一般怀旧型叙事作品迥异的是，著者并未囿于逸闻趣事式的回忆，而是将成都茶馆这一历史切片置入近代中国急剧社会变革的历史帷幕之中，以历史大势为关照来展开茶馆的叙事，这一处理方式使得微观史的视角有了更具张力的历史维度，避免了一般微观史自说自话的倾向。

在川籍老作家沙汀看来，“除了家庭，在四川，茶馆恐怕就是人们唯一寄身的所在了”，甚至他对此不无微词，以为茶馆是“慢慢酸化着一个人的生命和精力的地方”，泡茶馆“几乎成了一种嗜好，一种分解不开的宠幸，好象鸦片烟瘾一样”。茶馆本身的包容性与低成本，使之具有极大的辐射力，“有闲阶级”与“有忙阶级”在其中皆能自得其乐，并且不会成为甜蜜的负担。成都有“懒城”之称，可谓其来有自，此间茶馆绝对“功”不可没。“闲”者自“闲”，不少人往往在茶馆闲里“偷忙”，在茶馆做做家务，经营些小本生意，艺人在茶馆卖艺。“喊茶钱”则通过嚷着给熟人付账，在真真假假中给足了对方面子，也轻轻松松地完成了社会交往。

对于某些茶客而言，茶馆不是家却胜似家，他们早出晚归，时常是不在茶馆就在去茶馆的路上，吃喝拉撒皆有茶馆包办。泡茶馆重在“泡”字，即使国难当头，作为一种生活习惯，照“泡”不误！当然，茶馆里是有公共舆论的，“民众真正意识，往往于茶馆中尽情发抒”，举凡街坊琐事与军国大计，都有涉及，由此“来经营自己的精神生活，并找出现实的利益来”，喜欢泡茶馆的记者就颇有创意，有时径直将极佳的谈话刊于报章。

既有茶客，必然有老板与伙计。围绕茶馆的经营、相互竞争与联合，茶馆伙计的分类与演化，著者通过爬梳成都地方档案，结合当时的报刊，进行了细密的梳理。茶馆多为小本经营，但是清末新政以来，国家权力无时不在，茶馆经营者也以同业公会的形式组织起来，在与政府的角力中争取自身的利益。书中重建了成都当年茶社业公会的组织结构、领导阶层、成员组成与功能活动，其中最为关键的是围绕茶馆业价格展开博弈。抗日战争之前显得从容，而战时与战后随着物价、资源供应的剧变，茶馆的经营格外艰难，涨与不涨，既有政府对价格的严密掌控（茶馆业以抗税甚至罢市作为回应），又担心涨价后与市民交恶，得罪了衣食父母，后果愈发不可收拾，而这当然不是经营者所愿看见的。

茶社业公会与政府之间可谓爱恨交织，前者一方面尽力弥合茶馆经营者与政府之间的裂缝，除了与政府就行业利益进行斡旋，还组织同业支援政府相关活动。另一方面，出于担心茶馆数量无限增多加剧行业危机，寻求政府对控制茶馆数量的支持，毕竟茶社业公会的权力实在有限。在国家独大的局面下，相互呼应是虚，实则相互利用而已。

以往中国城市史和劳工史研究者对数量巨大的服务业从业者关注极少，本书则对此颇为留心，考察茶馆里的堂倌与女茶房，茶博士利用其丰富的社会阅历和精湛的茶艺，将茶馆里的风波一一化解，书中利用新中国成立后的调查等资料，大致估算出当时成都茶馆雇工数量、薪资；更将堂倌的动作举止、言语一一点出，还涉及负责烧水的瓮子房，他们早出晚归，经常满面尘灰。而在男人的世界里讨生活的女茶房，给当时的茶馆增添了不少亮色，她们的出现，既是生活所迫，更有社会风气渐开的大背景。吊诡的是，商业利益的驱动造就了女招待，而一旦女招待意识到自身的优势所在，不仅不以为忤，反而很快便懂得怎样以姿态、动作、声音取悦茶客，她们在从中获得回报的同时，无形中也打压了堂倌的获利空间，无良茶客的刁难、男同行的仇视，加上多少残存的社会偏见，这些往往出身清苦的女子，无言的辛酸可想而知。这一细腻的观察，应该是研究近代中国服务业从业者尤其是女招待的先声。

书中既考查了茶馆雇工的构成与待遇，更从他者的视角解读男女茶房的社会形象以及两者之间的性别冲突，而政府强制雇工们加入的茶社业工会，俨然成为不少雇工们不堪其扰的负担。既然加入工会不仅无利可图，反而还要缴纳会费，难怪一些雇工对工会避之唯恐不及，而袍哥的凝聚力显然强势得多。当然，工会，虽然是政府指导下的工会，但也能缓和工人与政府的冲突，这种“弱势”的工会突破了以往中国工会研究的模式，更见证了国家的无处不在。

相对于茶馆喧嚣的公共性，本为政府所禁止的袍哥以隐秘的动作、语言给茶馆笼罩上不少神秘色彩，茶馆本身更成为袍哥的接头地点与活动空间。与本不合法的袍哥明目张胆地活跃于茶馆相似，“吃讲茶”，被官方厉行禁止，却在当时大行其道，而主持者往往是袍哥中的头面人物，成为解决社会纠纷的极佳手段。顾客之间（顾客中又有本地人和移民之分），顾客与茶馆之间，茶馆与地方政府之间，最重要的是顾客或茶馆伙计和地痞流氓之间，茶馆里的风波虽小，却折射出小民的不易，社会的无序，官府的专横，正是由于茶馆的开放性，发生在其中的种种小事与纠葛通过三教九流的人物得以放大，这并未能掩盖众生在茶馆中徜徉的流光溢彩，茶馆的基调依然是相对稳定与安全的。

除了休闲、谋生，茶馆中人面对堪忧的国势，在交流中流露出关切，辛亥革命与军阀混战时期，茶馆中人以微弱的捐献关心时局。抗日战争中，抵抗日本侵略的政治氛围也渗透进茶馆，各社会团体与政府将茶馆作为宣传爱国和抗日之地，贴标语、海报、告示，并通过艺人表演，呼唤大家的爱国心。救亡运动以多种形式在茶馆中传递，政府甚至以抗日之名，将党化与思想控制一并输入，以权力打压不利于政府的言论，引起茶馆中人甚至舆论的反弹。抗日战争结束后，国共之间相煎更急，政府对茶馆的控制日趋严密，党化宣传裹挟战胜日本的威势得以格式化，在在试图使茶馆成为其战争动员的重要阵地，原来的茶馆清谈风光不再。“茶馆政治家”只好三缄其口，政治聚会变得危险，政治话语沦为奢侈，在防民之口甚于防川的困境中，国民政府终于“国”将不“国”。茶馆依违于国家与民众之间，新一轮的政权更迭，成为弱势的茶馆寻找新生的远景。

伴随着中国现代化（主要是西化）时兴暴风骤雨，原本独树一帜的成都地域文化不断面临挑战，由于繁荣的小商业的呵护，其核心文化得以保存；只是国家思想与党化教育的得寸进尺，要求人们不得不“进步”，使得休闲也变得有些“罪过”，似乎意味着茶馆随后命运终将坎坷。

著者注重考核书中所涉及关键词的中西差异，如“国家”、“行会”，对之进行了详细的分疏，对我们理解本书颇为有用，也提示我们引入国外史学视角时，更应该充分考虑中国的历史语境。当然，也有值得思考的是，书中对茶博士、堂倌的出身似乎缺少交代，而这些底层民众在四川其实主要是川西的背景之下，相信还会以县籍甚至更小的行政区划来作为活动的纽带。延续《街头文化——成都公共空间、下层民众与地方政治（1870—1930）》一书的长处，本书数十帧图片，给读者以充分的可视空间，只是摄于21世纪初的图片（并不在少数）置入20世纪前期，可能会让读者有些错位。

据悉，著者时下正在忙于其成都三书的第三部，相信有更多“能顶半边天”的女人置身其中的社会主义新世界，茶馆的味道一定更加特别，我们关切的是，在这种“男”不“男”、“女”不“女”的新时代，成都还会是那个成都吗？

原载《博览群书》2010年8月号

是梁任公传，更是时代之书

许知远的《青年变革者：梁启超（1873—1898）》，是一部有着巨大野心的作品，这一野心的是非成败，难以定论，因为他还有后续的两部，但其中所酝酿的旨趣与襟抱，却相比他此前的作品多了不少厚重与沧桑。

作为这一写作的见证者之一，我知道许知远为此所经历的挣扎或许超过他此前所有的作品，因为繁杂的历史头绪其实曾经并仍然困扰着历史学者，其中的后果之一，至今似乎没有一部公认的上佳梁启超传记。

一

梁启超的复杂性让人着迷亦让人困惑，更使人望而却步，这里面的因缘可谓千万种。

梁启超所身处的时代创深痛剧，波光诡谲，一日三变，康有为曾经责备梁启超流质易变，那与其说是梁自己的责任，莫若说是时代的痛点与问题。

作为近代最有影响力的报人，梁启超以其如椽巨笔，笔端常带感情，无论身处沪上，还是流落东瀛，不断以其梁启超式的输入，将大厦将倾的时代再次摇晃。这些时论的源流与影响，至今活在人们的印象之中，具体是如何的生成与散布，其实还有不少的求索空间。

许知远与梁启超有很多相似之点，他们都是名满天下的报人，也都是行踪遍天下的行者，还都有着感时忧国的骚人气质，以及誉满天下谤亦随之的声名往昔，正如近代史上不少人都骂梁启超浅薄，而当下也有不少学界中人听说许知远要写梁启超传，都很不以为然，此前席间一位京城青年才俊提及此事，面带迷之微笑，当时我颇有些不以为然，许知远为什么不能写梁启超？

恰恰相反，无论是一同前往上海拜访《梁启超全集》的编者汤志钧先生父子路上的无所不谈，还是平时随时的交流，我知道他是对于写这么一部传记发愿与积累都最多的同龄人，其中几本重点史料甚至韦编三绝，梁任公在世，当可谓此言不虚。

正是这种相似与争议，才有了此书的诞生。

二

倘不苛求，尤其是不将其视为思想传记，这是一本相当成功的生活传记。

用西方的话头来讲，就是一本成功的非虚构作品。过往的梁启超传，大多以生平线索为路径，陈陈相因，有的甚至纠结于派别的争论与校正，其实与梁启超的本相相距甚远。美国作家李·葛金（Lee Gutkind）以为非虚构写作关键在于“好好说出真实故事”（true stories well told），许知远此书在这方面的尝试无疑相当成功。

很少有人能如许知远一样，沿着梁启超所走过的道路进行一一重访，北京，上海，长沙，武汉，新会，广州，香港，台北，东京，纽约，尽管某些地点可能已经面目全非，但那种四海巡游的追访，的确有身临其境之效。这里面对于各地历史风貌的再现，有着颇佳的画面感，乃至某种地域气息与腔调。

许知远一直自嘲是微电子专业出身，但他本质上的确是不可救药的文艺青年，哪怕是小业主，也带着文艺青年之谜一样的彷徨。这种不安与彷徨，浸透于这本传记文本，让人有种多层空间交错的迷茫与疏离感，这种情绪与同光之际到戊戌之年的波澜壮阔中的天崩地解有着如影随形的若合符节之处，青年人的冲决网罗斗志其实亦可以看作某一种绝望。

这是一本游动之书，随时都在移步换景，随时都在车船之中改变历史。通过节录梁启超与友人的来往书札，各种报章文字，作者展示了梁任公人性中的友善谦恭、温和有趣、智慧横出乃至孤独的一面，也呈现出老大帝国穷极思变的人心与现状。原本枯燥的文本，经由如此重组，显得活色生香，当成一本枕边书，似乎也并无可。

那种时代的状况，倘若不以文学笔调出之，追溯起来相当不易。正如论者所说，这使得本书是可以朗诵的，让人可以获知的，不仅仅有冰冷的事实，还有鲜活的血肉与意绪。

也许是限于早期梁启超的史料有限，许知远并未仅仅聚焦梁启超一个人，而是将写作光谱辐射到其师友的半径，将那一个焦灼不安、性格各异的群体一一刻画出来，比如唐才常的勇于任事、慷慨赴难，思想彗星谭嗣同的激烈与深邃，就是一种奇妙而伟岸的存在，没有了湖南籍士人参与的康梁后续故事，多了不少萎靡，少了很多血性。

让人略有遗憾的是，作者对梁启超生平材料的刻写其实还可以更进一步，哪怕现有的这一时段材料有限，其实深描的话其可能性当然会更多。长沙时务学堂时期，梁启超摆脱了康有为的笼罩，针对学生们的各种读书笔记，出以各具性格的批语，本书仅仅一笔带过，殊不知这里面蕴藏着不少玄机。何谓直接材料，何谓间接材料，其中的区别并无那么巨大，反而在乎运用的别择。

那个时代过于厚重，重要者如梁启超，其实也很难一人之力去扛动，个体与时代之间如何平衡，正如个体如何克服时代一般需要无数挣扎。如果更能聚焦梁启超个人，个人即世界，也即时代，或许效果也会有所不同。

三

生活传记的根本除了行迹，当然还有性格，我其实很好奇的是，梁启超尽管在时人与后人的眼中，是一个流质易变、壮怀激烈之人，但从其成长经历来看，他其实也是一个品学兼优、性格沉稳、温和友善之人。这种文本中的梁启超与生活中的梁启超，哪一个是真实的梁启超，哪一个是真正的梁启超，其实事关梁启超的本我与超我，也就是他的性格之间的层叠与交锋，在这方面，作者的探索无疑还可以更加深入。

比如，一百多年来康有为与梁启超并称，“康梁”似乎成了牢不可破的典故，可是很多人都知道这两个人的性格有着天渊之别，他们是如何扭结在一处，又如何分分合合，这里面恐怕不仅仅是主义与手段的区别，应当也有性格的因素。性格如何与策略之间平衡，这就是大戏的纠结之处，也是写作的关键之处。

毕竟，文本中的形象其实相对而来是外烁的，而本我到底如何，其实事关在生死时刻的选择与自我的期许，这在此前是模糊不明的。

即使是文本，其实也有多个层次，包括梁启超的相关论著如何影响了当时的读者甚至包括体制内的人士，因为在清末新政时期的不少举措，其实有着梁启超《变法通议》的影子，这当然也是梁启超不可撼动的身形，更不要说梁启超是一些新政关键文字的捉刀者。

在接下来的写作中，许知远如果延续这一路径，可能会遇到不少问题。我们注意到梁启超留下的材料中，论著比生平史料丰富太多，如果要想深入，就必须对其关键论著的来龙去脉有一些别具一格的探讨，进而将书写的维度变得愈发丰富。

梁启超的盛名掩盖了他其实低调的一面，尤其是为人相当温和的一面，这对于写作者是一个巨大的挑战，在文字的怒潮与本人的低音之间，如何捕捉其中高高低低若隐若现的准音，对于任何人都是一个艰巨的任务。

梁启超以不长的生命，从年少成名到晚年变法，给我们垂范，其人格与思想，每每私底下想来，让人温暖又肃然起敬，近代中国除了曾国藩、胡适，别无其他。这些先贤的遗迹与人格，绝非历史遗迹徒供人凭吊感叹，而是可以博古开新的思想资源，端看你我的抉择。

个中曲折，一两个人的追寻是艰难的，许知远的尝试可谓难能可贵。要是为了虚名与套利，在这个互联网极度膨胀的时代，他完全可以好风凭借力，写作梁启超传无疑是一桩赔本买卖。

在批评者看来，此书似乎有多种不是，不过，其中的旨趣却是真诚而清晰的。这并非说此书毫无问题，而是有感于当下不少知识人的冷眼旁观，知识景观与生态的改观，除了诚意的参与，似乎还没有更好的策略。即使这其中不免遗憾，那也是时代的一部分。

过于佛系或刻板的写作，决然不会有深刻的作品，除了个人的自怨自艾，哪里对得住那些把时代的阵痛活进自我生命里的豪杰，那个时代的深度在于挣扎，刻写当然就愈发痛楚，这就是写作者的宿命。

四十岁的许知远写二十多岁的梁启超，已经给了我们不同的体验，后续随着传主生命的前续，会有什么新的发现，不拘一格的许知远相当值得期待，这里面当然也有对于核心文本的进一步深度诠释。

当然，据我所知，知远是经常熬夜写作的，后续写作无疑又会伴随着无数次熬夜、微醺。

原载《腾讯文化》2019 年 7 月 1 日

从宋案看民初政治

北洋时代是中国历史上又一个乱世，枭雄与游士辈出，无数波光诡谲的疑案有待揭示。其中，国民党领袖宋教仁惨遭刺杀，一时牵动了国民党与袁世凯当局的纷争，最终导致初生的民国走向了第一次分裂，号称民国第一大案，至今依然众说纷纭，难得确解。

北京大学历史系尚小明教授以为，百年宋案研究最大的问题在于研究者错将“宋案”等同于“刺宋案”，并尝试纠正这一偏差，其新作《宋案重审》明确揭示“宋案”实际上是由收抚共进会、调查欢迎国会团、操弄宪法起草、构陷“孙黄宋”、“匿名氏”攻击、低价购买公债以及刺杀宋教仁等多个情节次第演进与交错进行而酿成的复杂案件，并以极其细腻的考证，将看似毫无关联的各个情节之间的内在关系彻底揭示出来，将宋案研究推进了一大步。

从失败的宋案研究史说起

面对百年来的既往研究，尚小明坦言“过去一百年的宋案研究史，其实是一部失败的历史”。此话初看，似乎有些冒犯，但实际上只是道出了真相而已。

由于宋案的特殊性与巨大争议，对其关注一直都相当多，不仅有史学研究者，而且有不少历史写手，不过在这些长篇累牍的研究中，往往在少量的史料上打转，既谈不上对于已公布史料的认真考察，更谈不上对于新材料的搜寻，螺蛳壳里做道场，所得相当有限。不过由于新式传媒的鼓吹，一些历史写手似是而非的研究耸动一时，让人啼笑皆非。

尚小明首先对于案发当时即正式公布的宋案文献进行了仔细的梳理，对不少蛛丝马迹做了深入解读；其次又充分利用了北京大学历史系所藏袁世凯档案，对于袁世凯、赵秉钧在此案中的言行一一解密，澄清了此前包裹在二者身上的迷雾。

本书以为，不能一开始就对袁世凯、赵秉钧进行有罪推定，首先应该厘清袁世凯、赵秉钧、洪述祖、应夔丞诸人之间的相互关系，从其中亲疏缓急进而探讨谁有暗杀宋教仁的动机与时机，并将其中此前很多误读做了剖析，让人将袁赵与洪应区分开来，在过程的细化中将此案的来龙去脉做了切割与再现。

这一细腻的刻画，尤其是透过关键文本的细密解读，使得此前相关研究顿时失色，还原了当时涉案诸人的复杂关系与矛盾纠葛，并进而将宋案的后果及相关反响也一并揭开。

近代佛学大师欧阳竟无曾读佛教俱舍，三年而不能通，后沈曾植指点其当究俱舍宗，毋究俱舍学，欧阳氏归而觅俱舍前后左右之书读之，三月乃灿然明俱舍之意。尚小明无疑也深得其中三昧，着力拓宽史料解读的空间。宋案研究看似属于一个政治事件史的讨论，其实却牵涉了复杂的历史面向，其中既有高层政治的角力，又有袁世凯幕僚的逢迎取巧，还有会党首领的小算盘，更有不同舆论的交锋，虚虚实实，让人眼花缭乱。他都处乱不惊，将其中脉络一一拈出，并对于不少小人物的命运做了详细交代，通过远景与近焦对此案的背景有了丰富的认识。

脱不了干系的袁世凯

那么，宋教仁是因何而死？是不是很久以来人们所说，因为挡了袁世凯当政的道而惨遭杀害？

是，也不是。

孙中山辞去南京临时政府临时大总统之后，试图对袁世凯当总统做出些许限制，不过多为徒劳。袁世凯接任总统，想通过国会选举正式当选，而国民党方面则期待通过实行内阁制对袁世凯进行反制，这里面的急先锋就是黄兴、宋教仁这两个湖南籍国民党人。

黄兴曾经想鼓动身处武汉的副总统黎元洪与袁世凯竞争总统职位，为此大费周章，但是黎元洪不为所动，甚至走漏了消息。

宋教仁则力主造党，成立国民党来与袁世凯抗衡，舆论以为倘若成立内阁制，阁揆很可能是宋氏本人，尽管宋氏断然否认。这并不妨碍宋渔父志得意满，纵横南北，鼓吹其内阁制主张，并时不时抨击袁世凯当政的问题，指点江山之余，更有染指新政局的雄心。

这些举动，袁世凯在在看在眼里，记在心头，如何对国民党人进行限制，以便今后自己的执政能够顺利而长久，是袁世凯念兹在兹的目标。

于是，洪述祖登场了。

洪述祖在清末即已名动一时，不过江湖上对其风评实在不佳，他尽管有办事之才，但往往贪小便宜，总是不忘假公济私，导致官场屡屡失意。

但是这样一个名声不佳的洪述祖，却得到了非科甲出身的袁世凯的赏识，经常引入左右，当做一个能干的幕僚，为其出谋划策，甚至有清帝逊位之过程洪述祖起到了重要推动作用之说，洪述祖自己也以为有再造民国之功。

袁世凯需要收拾一下气焰日高的国民党，洪述祖则从中嗅到了可乘之机，主动请缨收集诋毁孙中山、黄兴、宋教仁等国民党领袖的证据，企图损坏后者的名声，进而打压国民党的气势。

为此，洪述祖迅速与应夔丞联络，试图让应氏搜罗证据，以便让袁世凯的企图顺利实现。

谁也不曾想到，潘多拉的盒子一旦打开就收不回来，以至于有了后面的宋教仁被刺惨剧。

洪述祖：利欲熏心的蓄意谋杀

洪述祖对外的角色是总理赵秉钧的秘书，其实只不过是袁世凯放在赵秉钧身边的一枚棋子，赵秉钧对洪氏并不太信任，因为洪氏更大程度上是袁世凯的监军。

为了满足袁世凯击溃国民党竞选气焰，洪述祖四处张罗，应夔丞只是其抛出的一张网而已。

更让人不可思议的是，与其说洪述祖联络应夔丞是为了向袁世凯报命，不如说他想趁机做一个局，以便为自己捞取更多好处。应夔丞作为会党中人，也很想从中渔利。

当洪述祖以袁大总统身边红人的身份要求应夔丞为其搜罗国民党领袖的罪状时，应夔丞也是将计就计，不惜虚以应付，用虚拟的罪证骗取洪述祖信任，而且二人为此还达成事成之后如何分成的构想。

当洪述祖将应氏声称有国民党领袖罪状之事禀报袁世凯，并得到袁世凯称许能做事之后，应氏所谓的证据却迟迟未能递交，原本夸赞洪述祖的袁世凯对洪氏颇有微词，洪氏原本想从中捞到一杯羹，不想反而被袁世凯嘲笑。

在这一推演之下，他们慢慢形成针对宋教仁的共识。洪述祖假传圣旨，要求应夔丞做出激烈文章，并许以“燬宋酬勋位”，应夔丞还提出以低价购买公债的要求，洪述祖也表面答应，并步步紧逼应夔丞尽快动手。

此时的应夔丞颇多犹豫，洪述祖与应夔丞之间也渐生嫌隙，但面对宋教仁即将北上，再不动手，或许就无机会，应夔丞只好雇杀手武士英将宋氏刺杀。

宋教仁被刺，应夔丞以为可以得到相应报酬，不曾想自己很快被捕，相关证据也被收走，洪述祖也逃亡德国租界。

二人所设想的事成之后大分其利润的计划顿时化为泡影，朝气勃发的国民党领袖宋教仁很快因伤不治去世。

应夔丞利用其会党尤其是共进会的人脉，多方制造虚假证据，试图混淆各方视听，尤其是自己故布迷阵，想将祸水他引。

尚小明却从这一虚假证据得到了真实信息，坐实了应夔丞是谋杀真凶。

一方面是民国新造的政治理想，一方面是官场旧人的暗线操作与利欲熏心，宋教仁成了袁世凯亲信政治失控的牺牲品，“我不杀伯仁，伯仁由我而死”，这其中既见证了权力的黑光，又提示了政治新派力图革新的艰难。

暗杀政治的反省

清末民初，暗杀似乎成了一股潮流，动辄进行暗杀使得朝廷官吏变得风声鹤唳，也加速了社会的激进化，这一潮流在辛亥革命成功之后并未停止，以致革命党人之间互有暗杀，朝野之间也互相暗杀，其中不少陈案都值得重新考论。

然而，暗杀终究不是政治治理的常轨，其中的悲情与残酷更是让人感叹。这里面涉及黑箱操作与黑金政治的层面，提示进行现代政治治理之必要，否则其中的教训很可能不断重演。

宋教仁对告诫他务必警惕的言语毫不在意，袁世凯也并不赞成置宋教仁于死地，但是，由于有了寻租的空间，无数正常人的生死却可以成为政客的置换工具。用人失察的袁世凯不仅仅间接促成了宋教仁的被刺，而且导致了民初和平局面的破产。

政治的角逐更多是实力的较量，理念之争往往是承平时期的奢侈品，“十年生聚，十年教训”，背后更需要政治家的深谋远虑，只有如此，才能避免类似宋案的惨剧重演。

原载《经济观察报》2018 年 3 月 24 日

另一种北洋叙事

北洋时代在中国历史上承前启后，其中制度与人事的嬗变千头万绪，诸色人等走马灯似的让人眼花缭乱，一直以来让研究者颇为棘手。更何况，无论是国民党，还是共产党，似乎对北洋时代都毫无好感，国共首次合作的目标就是“打倒列强除军阀”，往往以“北洋军阀”一语概其其余。这一政治判断当然有其洞见，不过似乎无形中也遮蔽了不少历史实情。

杨天宏教授新著《革故鼎新：民国前期的法律与政治》，则在这一道路上做了大胆而细密的尝试，从不少北洋时代重要政治人物和事件着手，探索民国创立之初的制度建构及运作，对民国政治史上许多重大问题提出了不少新奇可喜的看法。

“新政治史”的启示

当下中国近代史学界有一个共识，相对于西方同行纷纷转向新文化史、日常生活史之类新兴领域，我们自身面临的问题则迥然不同。近代以来政制建设与运作的问题似乎问题不断，整个民国时代，国家人民历经磨难，还是政争不断，甚至政治与军事交替进行，弄得民不聊生，最终其实也未能很好地解决这一根本性问题。

杨天宏教授认为，西方同行可以“饱汉不知饿汉饥”，但是处于“饥饿”状态的中国学人应该清醒地意识到自己的需求，对政治史予以足够重视，“无论怎么强调多元因素的作用，政治在民国历史发展中给当时、当事人的刺激都最为强烈，对政治投入更多关注乃理所当然”，“在民国历史上，政治的作用太强大了，强大到你想在研究中找到其功能替代物都不可能的程度”。

他更以重要历史刊物论文发表数据说明，民初及北洋时期政治史被极大低估，这一时段以北洋为统系的北方政治更是被严重忽略，研究者顾此失彼，无疑不利于全面审视民国时代。

更何况，西方如今也有“新政治史”的重振，将研究视角拓展至基层社会及民众，研究政治事件不是就事论事，而是注意透视社会结构及其变迁，并对政治史的“本色”保持必要的学科认同。他认为，中国史学研究者完全可以在这一方面进行探索。

本书以为，相对于重视程度不够，研究整体水平较低才更值得重视，“很多重要的政治史问题缺乏严格的事实辨证，就连一些被视为常识的历史问题亦存在诸多疑窦”，而条块分割过于严重，使得很多研究，研究经济史可以不关注政治史，研究政治史可以不关注外交史，诸如此类，研究领域变得格外狭小和专门，“只见树木不见森林”的弊端似乎越发严重。

有鉴于此，作者做了不少努力，比如通过对于1923年宪法的深入研究，认为“《临时约法》不仅设计的是足以导致利益冲突甚至引发战争的畸形政治体制，也未必能体现民主宪政精神，而1923年宪法无论在国体还是政体设计上，都更加符合民主宪政的原则”。

进而，作者还对已经进入历史教科书的“曹锟贿选”说，提出了自己的质疑，“作为刑事控诉，当事人提供的证据却存在明显瑕疵，其最大问题在于指控曹锟以五千元‘贿选’的时候未考虑国会议员历年欠薪已达同等数额这一因素，未思考给国会议员开具的五千元支票是否带有补发欠薪的性质，也忽略了支付款项的决定是邀约各党派（包括异党）协商的结果”。作者甚至以为，“贿选指控能否成立都还是一个需要认真讨论的问题，而迄今却未见任何基于事实或逻辑的质疑”。

对于北洋系的盟主袁世凯，杨天宏教授一反旧说，留意到袁世凯担任临时大总统之后几年里谋求成为“天下共主”，处处表现出“去北洋化”的倾向，导致内部离心，“袁世凯才是北洋体系崩坏的始作俑者”。此后，皖直两系试图对已呈分裂气象的旧北洋军政体系进行整合，所依恃者，除了实力方面的相对优势，就是“北洋正统”招牌，孰料随着形势的剧变，旧瓶已经无法装新酒，“北洋”逐渐成为负资产，其形象的负面化，导致最终其成为“无道”的代名词。胡适就注意到，1924年之后，国民党已变为一个“簇新的社会重心”；1927年前后，“全国多数人心的倾向国民党”，为晚近六七十年来没有过的“新气象”。

相对而言，更有世界眼光的孙中山，与北洋领袖毕竟不同，他屡败屡战，晚年毅然决然跳出追求“合法性”的政治藩篱，全力追求政治的“合道性”。国民党第一次全国代表大会正式实施联俄、容共，主张“用主义建军，用主义统政，用主义整合南方、宣传北方”，明确提出“打倒军阀”的口号和“以党建国”的政治目标，给人以政治面貌焕然一新的深刻印象，赢得了相当多的加分项。本书以为，“国民党自我改造之后呈现出的崭新气象，解释了后来国民革命军北伐没有遭遇太大困难就取得胜利的原因”。

对于革命党领袖章太炎为适应武昌起义之后中国政制转型之需要而提出的政治口号——“革命军起，革命党消”，作者予以了很多关注，注意到一度因应形势改建“政党”的国民党，其革命情结始终难以消去，在国民党“继续革命”的过程中，不仅袁世凯和北洋军阀成为打击目标，孙中山等人在革命之初选择的西方议会民主政制也在事实上遭到否定。这种双重打击，对近代中国政制建设产生了“破旧”却没能真正“立新”的复杂影响。

这些考索，基于作者一贯强大的逻辑叙事，摈弃了某党某派的立场，而是试图深入历史旋涡与激流，聆听激荡时代的潮音，提出了不少值得深思的问题。

当然，杨天宏教授呼吁关注北洋研究，但他并非认为北洋时代就是一贯正确的，他基于司法职员的考察就注意到，北洋政府摧残了司法从业人员的独立精神，使其面临强权时显得软弱无力，只好选择了放弃。北洋时代各位主事者脑筋之相对封闭，手腕依然囿于三国时代，也导致其最终在南北角逐之中出局。这些历史的阴暗之处，也是北洋时代不可分割的一部分。

泾渭未必分明?

在杨天宏教授眼中，那些带着有色眼镜的视点，无论对于北洋还是革命，都是有失公允的。

对于某些非历史学者对于清帝退位诏书“别出心裁”的解读，作者一一驳正，首先确定革命的缘起及其在中国政制转型中的决定作用，并澄清了不少基本史实，强调“中华民国是革命建国而非前朝皇帝授权变政；君主专制与民主共和分属两种不同的政治体制”，“即便承接诏书的袁世凯，其总统权力也是严格按照民国法定程序，通过选举，由民国参议院颁玺授予”。将《清帝退位诏书》拔高到与奠定了民国政制及法理基础的《临时约法》“姊妹篇”的地位，“有违历史，非伦非类，难以服人”。

对于某些学者的奇谈，历史学者往往可以避而不谈，以至于“谬种流传”，这其实无异于历史学界的失职，论证到此，作者似乎在感叹“予岂好辩哉？予不得已也！”

众所周知，治外法权的产生对于近代中国产生了深远的影响，此前人们更多注意到国民政府废除治外法权的相关举措，本书则对于北洋时代的探索做了勾勒，在这一方面北洋政府并非如批评者所说的消极被动，而是通过外交人士的艰辛努力，在改变由不平等条约建构和规范的近代中外关系问题上有不少有力的举措。

屡遭诟病的善后会议，在作者看来，也有其可取之处，这次会议是段祺瑞政府在各派军阀实施“武力统一”政策屡遭失败之后，顺应时势与民意，推进和平统一的尝试，尽管效果不佳，可是，“就性质而言，国民会议是要诉诸民主政治的理想，而善后会议则偏重现实政治问题的解决，两者并不矛盾冲突。从议程上看，善后会议不涉及政治权力分配，因而与‘政治分赃’也不发生关系”。善后会议以和平协商方式谋求统一，尽管失败了，但却是值得肯定的。

沿着这一重访的路径，本书对于当时南北政局、学生运动以及北伐时期的反教会暴力事件也有专论探讨，或尝试引进新的角度，或厘清各方史料，对老问题提出了新看法。对于学生运动，他注意到，当时校园孕育出特色各异的学生亚文化，学运与学生亚文化有着内在逻辑联系，尤其是不同校园的学生亚文化对学运影响差异也很大，后者的多元决定了学运起落与内涵差异。不同区域与类型学校的学生在这一过程中，既形塑了自身，也形塑了时代，而其形象在时人心目中也变得相当正面。

对于同样以逻辑思维强大著称的章士钊，作者不无为之抱屈，章氏抱负虽高，主张也可谓独树一帜，很有见识，所提有关国会设计、政党与政党内阁建构、政治宽容制度等尽管贯穿了西方近代政制思想内在逻辑的主张，对于“共和”、“内阁”等政治概念也有很好的引介，只是由于形式逻辑本身的局限与性格的因素，大多不为当道采纳，近代中国应然与实然之间往往有着莫大的落差，在本书看来，章士钊最终只能沦为“悲剧性的历史人物”。

当然，此处是不是算是悲剧，其实也可另备一说，毕竟章士钊作为学问家、文章家与律师的勋业，其实也可以独树一帜的。这里面或许有作者过于重视政治与政治史的因素，其实评价类似历史人物时，跳出政治的衡准似乎可以有另一番境界。

有心人通过作者不断地追问，益发感觉到，那些此前看似泾渭分明的历史过往，其实往往千沟万壑，本书无疑凸显了其中的历史复杂性。

一个历史解释系统性的追求

杨天宏教授针对当下史学碎片化的声音，建议以政治史为主轴来整合民国史研究，“抓住政治史，也就获得了解开民国全部历史密藏的锁钥”，从而化解时人的忧虑。

其实针对具体的问题进而上下左右展开研究，或许也能化解所谓的史学碎片化危机，所谓“以小见大”，透过现象看本质，其实前贤早有示范。前贤对于理论（不少是透过马克思相关经典论著）的不断研读，无疑提升了某种思辨的张力。在这一方面，作者力透纸背的论证，其功力所注，“冰冻三尺”显然非“一日之寒”。本书的不少精彩之处，与其说是抓住了政治，不如说是抓住了相关问题与群体的症结与痛处，进而顺藤摸瓜，将其脉络牵连而出。

相对而言，当下一些青年学人则在学术方法论自觉一层反思似乎不够，如何吸纳西学（不仅仅是西方史学）的最新成果，进行方法论的自我砥砺，尚任重道远。再加上由于有所谓量化学术考核的指挥棒，学者消化既有研究与新旧史料的心力严重不足，所以有时往往停留在排比史料的层次，进行深入的考辨与反思，则变得格外奢侈。

所谓“人事有代谢，往来成古今”（唐人孟浩然语），此书对于北洋时代给予了足够深厚的关注，如果要再往前追溯，似乎对于北洋的前世关注有限；而相关政治主张的东西洋源头似乎也值得留意，尤其是不少提倡者如章士钊等曾经喝过不少洋墨水，而且归国后也长期留意西洋政情。

或许是由于本书乃论文集之故，一些论述似乎点到为止，但正如杨天宏教授一直强调的系统性，倘若没有一个系统而联系的观察，那么，不少北洋史事或许离一个总解决还有不小的距离。从读者阅读与购买便利角度而言，此书如果分作两本，或许此书的话题性会更强。

作者在北洋时代用力甚勤，而又极为重视历史的系统性解释，我们有理由期待他不久为我们贡献一部系统的北洋时代全史。

原载《经济观察报》2018 年 5 月 19 日

重回江南沦陷时

从生活史开启的旅行

加拿大英属哥伦比亚大学卜正民教授，以学术视野广阔著称，他从社会文化史的角度，对东亚史尤其是中国史做了独到的研究，每每新书问世，往往引人入胜，从《纵乐的困惑：明代的商业与文化》《维梅尔的帽子：从一幅画看全球化贸易的兴起》，到《杀千刀：中西视野下的凌迟处死》，巧思迭出，无不既有诱惑力，又让人读后浮想联翩。

相对于卜氏其他著作而言，《秩序的沦陷——抗战初期的江南五城》一书的主题与细节则沉重得多。

抗日战争对于中国人，无疑是一场深重的历史灾难，以至于至今我们依然对日本军国主义的侵略暴行无法释怀，所以大多数中国学者的抗日战争史研究很难抛开民族情感，对中国军民的积极行动之外的考察显得颇为不足，甚至有些讳莫如深。对于那些身处沦陷区，与日本侵略军进行“合作”的人士，既有研究出于民族情感与文献现状，很少进行深入而平实的研究。显然，如果作为中国学者，要想重启这段历史之旅，会显得格外步履维艰。

不过，即使是身为外国学者，卜氏也并不轻松，他认为“沦陷时期，政权的创建和再生产是很复杂的，并不是由少数几个道德沦丧的傀儡在外部权力的强制下草草就能成立”，试图精心结网，再现江南沦陷第一年部分中国人与日本侵略军的“合作史”。

以往中国历史学界认为，这批选择与日本侵略军合作的人，大多跟日本人有良好的关系，比如曾在清末民初留学日本，懂日文，有着先天的“合作优势”。

卜氏对此不以为然，他认为，简单以“关系”来解释两者的“合作”，“有可能会走进死胡同，因为无法更深入探索这些人的真正动机；而且这种解释无法回答这一问题，即大量与日本人保持私人关系的中国人选择了抵抗，合作者只是少数人”。更何况，大多数与日军“合作”者没有留日背景，他们相对来说地位较低，但却人数众多，作者想问：为何后者“无视本民族文化传统和要求，宁愿接受日本人的占领和统治？”

该书决定搁置意识形态的争议，从生活史的角度，开始重建当时的日常生活场景，从底层社会的运作实况来考察这批“通敌者”。为此，卜氏选择了五个城市作为蓝本，既有国民政府首都南京、特大都市上海，也有江苏省会镇江、嘉定与海岛崇明县，尝试讲述日军占领后重建地区秩序的历史。他认为，情况也可能是这样一种局面：“入侵者有时也是具有一定同情心的官员，招收一些同样具有同情心的地方头面人物，他们一起工作，试图修复因战争而造成的损害”，那些“合作者”“是典型的实用主义者：他们寻求和解调停，为的就是能够重操生计，保护同胞”。

这一定位，就使得此前沦陷区较为单一的敌我对抗史变得更加多元，使得我们能够聚焦江南五城，走进抗日战争史的灰色地带与灰色人群，不过似乎发现与困惑并存。这就好比大家知道国民政府与蒋介石一直坚持抗日，但其实也暗中多次与日本接洽，期待能够结束战争状态，只是我们对此并不太多强调。视野既已打开，问题也就随之而来，证据何在？如何解释？

正解何其难

卜氏并未讳言，日本侵略军在江南犯下了滔天罪行，烧杀抢掠，无恶不作，他只是想撬开一个侧面，企图了解江南沦陷区的人民如何在铁蹄上生存，进入普通人的生活世界。这些沉默的大多数，他们在经历了日本侵略军的疯狂洗劫之后，忍辱偷生，其中的喜怒哀乐，并未简单的道德标准即可衡定的，恰如并非所有德国人都是“希特勒意志的刽子手”。

作者根据的史料主要是上海市档案馆档案、沦陷区留守人士的回忆录与日军宣抚员报告与回忆录，南京一章则充分利用了在宁欧美人士的书信与日记。这些史料的出现，本身就是经过战乱的强势筛选，很多文献已经荡然无存，而且这些“通敌者”似乎也无意留下罪证。

在重建战时基层社会生态方面，本书的确有不少新的发现，透过日本宣抚员与中国士绅的视角，将沦陷区的社会经济实情进行了详细的个案剖析，这无疑是其中最为生动入微的考察，也活化了当地小民生存的艰难度。沦陷区在遭受战乱的侵袭之后，还必须以残存之躯艰难应付日本侵略军的再次盘剥，民生潦倒不堪，哪怕是日军宣抚员也不得不承认，相对于那些高远的口号与缥缈的灌输，侵略者本身的行动及其后果堪称无言的控诉。

作者对于当时的“通敌者”如何在乱局中求生，如何在稳定中角逐，如何在看似风平浪静中走向毁灭，都有较为细致的梳理。这些情形，在以往的研究中，往往被一笔带过，而卜氏则着力呈现了他们的“挣扎”，尽管这些举棋不定者的心态到底如何，似乎还缺乏更为细腻的描摹。作者论证的背后，战时生存的考虑与能减少沦陷区人民痛苦，似乎已经成为这些“通敌者”存在与被“再发现”的理由，以至于作者认为，沦陷区抗日武装似乎不该偷袭日军，因为这导致了日军的疯狂报复，100 多名无辜村民因此被日军残暴杀害。这一事实的呈现，似乎让作者的初衷变得有些寡淡。

让人意想不到的是，反倒是对于那些日军宣抚员，他们的行动步骤与个人体验，那种脆弱与挫败感，被作者揭示得一览无余，这似乎表明，日本侵略军自身，对于这一入侵，其实内心原本并非那么有备而来。

放宽视野还须更上层楼

就视角而论，作者的确独辟蹊径，敢于直面历史研究的复杂性，为我们勾勒出另一种抗日战争史研究的场景。不过，小人物的历史往往因其不能留下更加系统而全面的材料，显得有些零碎，加之相对而言，顾炎武所谓“天下兴亡，匹夫有责”，其实真正的匹夫匹妇对此并未有多大的担当，西方的民族－国家观念在抗战前后的江南，似乎还并未有如今那么深入人心，作者着力考察这波匹夫匹妇的战时情形，却无疑未能较多注意到此辈实用主义倾向背后的思想底色。值得我们密切关注的反而应该是士大夫的变形——知识分子，如果我们将眼光投射到后者身上，或许所得就显得更加充实，毕竟无论是华夷之辨，还是西方民族－国家观念，在他们出处与言行中有更多的表现。

如此操作，也可以让作者在起首对于“通敌”等欧洲经验的讨论有更多针对性，否则就有些“本来无一物，何处惹尘埃”的困惑。

史料的发掘是史学的根本，就本书所描写的上海而言，史料的发掘与运用还有待补充。当时长期坚守上海的中华书局总经理舒新城、上海光华大学文学院院长兼国文系主任蒋维乔就留有这一时期的完整日记，对当时上海居民的日常生活与基层社会有极为细微的观察，同时也涉及不少与日本侵略军交涉的细节。这些详实而鲜活的资料，在南京也有保存，如能加以利用，想必可以大大深化我们对于江南战时秩序崩坏与重建的认识。

如果视野放宽，身处山西太原的晚清举人刘大鹏，已近八十高龄，在保持表面上的和平之时，几乎逐日记下身处沦陷区的处境，以及其对日本侵略军的观感。如在“受邀”出席日本侵略军所谓“反共救国敬老大会”之后，还获得了“善待耆旧”的“寿衣袍料”，但日记中对日军却颇为反感。刘氏 1938 年 7

月 14 日日记曰："午后，有日军一名曰吉实富藏，来我家中座谈，询知我年八十有二，言其父年八十有三，长予一岁，欣欣然色喜。即祈我为其写四个大字，吾辞以写字太拙，亦不允许……"但对于抗日武装，"一闻红军打死日军，莫不欣喜。众口同音，谓日军将来必定死在中国，不得回其东洋也"（乔志强标注：《退想斋日记》，山西人民出版社 1990 年版）。从中可以见到士绅阶层对于日本侵华的及时观察，相对于那些事后刊刻的回忆录（中日方面皆是如此），这些当事人的日记无疑更为生动而直接。

这些第一手材料的未能充分展开，使得本书的论证，相对于其辨析精当的导论，无疑有头重脚轻之嫌。

归根文化与传统

卜氏结笔时提出，"史学工作者有责任去挖掘一些由于文化所确立的道德准则而可能被忽略的模棱两可的东西"。他的确将我们带入了一片荆棘丛生的灰色地带。

然而，这一尽量客观的表述，对于有着夷夏之变传统的中国史家或许并不那么容易，因为我们史学传统还有一个崇高的目标——"发潜德之幽光"，而亡国之后的文天祥也留下了千古名句——"人生自古谁无死，留取丹心照汗青"。

对于那些"通敌者"，哪怕是情非得已，为文化所化的中国人，其历史书不会给予过多的篇幅，如果有，那也将是春秋笔法，使乱臣贼子有所惧。作者这一努力，在使我们转换视角的同时，也再次呼吸到黑云压城城欲摧时却不绝于缕的反抗声息。

毕竟，文化与传统，始终是历史、历史研究与历史研究者的起点与命门。

原载《光明日报》2016 年 1 月 12 日

弱国外交官的悲喜交集

蒋梦麟曾说“佛陀是乘着白象来的，耶稣基督是骑着炮弹来的”，清朝一下子从天朝上国跌入近代弱国的尴尬境地，近代中国的对外开放，无论如何都是面对城下之盟时的选择，不少涉外机构与机制的确立，往往是在疲于应付之后的无奈之举。

光绪初年，云南发生“马嘉理案”，英国借此要挟中国，要求中国派遣大员亲往英国道歉，清廷被迫派曾任广东巡抚的郭嵩焘赴英“通好谢罪”，加授郭为出使英国大臣，这也是中国历史上第一位驻外使节。奇谈怪论扑面而来，更有对联嘲讽郭：“出乎其类，拔乎其萃，不容于尧舜之世；未能事人，焉能事鬼，何必去父母之邦。”只有李鸿章时时为其鼓气。

同光之际，士大夫出使外国，会被视作极为荒唐，以至于郭嵩焘的副使刘锡鸿会随时监控其行踪，暗地里对其备加诋毁，指其主官有“三大罪”：“游甲敦炮台披洋人衣，即令冻死亦不当披。”“见巴西国主擅自起立，堂堂天朝，何至为小国主致敬？”“柏金宫殿听音乐屡取阅音乐单，仿效洋人之所为。”

这位清帝国驻英大员入乡随俗的亲近之举，动辄被其副手看在眼里，记在心里，最后还形成日记流传到国内，使得郭清誉受损。以至于尽管郭在英法应付裕如，广受赞誉，但去世后朝廷却以其出使外洋，所著物议众多，不为其追赠谥号，堪称奇冤。

当年，做外交官是个危险的职业。

李文杰《中国近代外交官群体的形成（1861—1911）》一书，就是围绕中国士大夫如何进入这个危险的行当，并如何试图在其中腾挪转移，以成就了那一段弱国的外交史。

自将磨洗认前朝

李文杰师从茅海建教授，深信“学问有其高深处，但路径却并不复杂，是材料的、史实的、说明的。读史料集、跑档案馆，从原始材料出发，由点滴解析入手，谨慎前行，持久用功”，方有厚积薄发之根基。

乃师《天朝的崩溃：鸦片战争再研究》是“三联·哈佛燕京学术丛书”第2辑入选图书，当年出版时名动江湖，如今蔚为名著，据说剑桥大学出版社正要推出英文版，这在当代中国文史学界是不多见的。22年后，李文杰此书纳入同一系列第16辑，可谓源远流长。此书丰富的档案爬梳与细节勾勒，不经意间有茅式考据的味道。在茅海建所提倡的史实重建方面，面对不少晚清外交语焉不详的问题，或许是受乃师戊戌变法相关研究的影响，李文杰先因后创，做了独到而深入的梳理，尤其是格外留意各层级官员的来源与命运。

在儒家所说君子不器与夷夏之防之间，士大夫出身的近代从事西式外交的官员，尽管产生于科举的道路，但他们内心无疑有着一种紧张感，如何跨越这一自身身份的适应与外国语境的双重焦虑，如何“适应”外交这种全新的“职业”，这是一个艰巨的课题。

李文杰为此收罗了北京中国第一历史档案馆、台北故宫博物院图书文献处、台北“中央研究院”近代史研究所、北京大学图书馆所藏档案，为构建这一体系做了细致的工作，结合新近披露的日记、书札与文集，将这一群体风貌做了较为细致的改写。

面对中华朝贡体制的崩解，一旦从那种万国来朝的兴奋与亢奋中翻转为重炮轰击下的京城沦陷与天子逃亡，为了应对多方应接不暇的万国，清廷为此不惜委曲求全，如何理解清朝外交机构的运作方式与特点，这也需要我们不再拘泥于典章的条文。作者从清代档案中钩稽总理衙门、外务部及驻外官员的履历资料，通过发掘、搜寻、整理总理衙门大臣、章京，驻外公使、参赞、随员、翻译官，外务部大臣、丞、参议、司员的众多履历及生平史料，探究他们的来源、选任、迁擢、群体演进等诸多问题，论述近代外交官出现和初期成长的经过，为观察清末民初的外交提供一个制度史的视角。

有了人，历史才有了光

晚清外交研究已有不短的历史，因为事关退虏送穷，经世之士颇多议论。早在抗战前后，中国近代史开创者蒋廷黻就有《近代中国外交史资料辑要》之编纂，清华大学历史系青年才俊王信忠在蒋廷黻的指点下，以《中日甲午战争之外交背景》一书对甲午战争的国际背景做了深入的探索，尤其对朝鲜半岛的纷乱情形与清廷派驻官员的应对做了仔细的讨论。

日本学者川岛真所著《中国近代外交的形成》一书，也通过扎实的文献，对晚清至民国北京政府时期外交制度的形成、外交政策的制定、外交机构的兴衰、外交人才的培养，以及重要事件中中央政府、外交官僚、社会舆论所起的作用等问题进行了详尽分析。其中，对于规则的关注尤其引人注意。

但是，在以这两部杰作为代表的前人论著之中，我们更多看到的是晚清国际形势的变化与外交制度的制订，对于在如此庞大而复杂的外交形势之中，具体制度如何运作，外交官如何因应，似乎并没有太多发现。

知人论世本是中国史学值得再三致意的传统之一，李文杰此书难能可贵的是，除了格外重视各位外交官的详细履历，也对那些活生生的外交官的喜怒哀乐做了足够的关注，这一从日记、函札入手的摸索，尝试发掘总理衙门内部组成人员的构成与日常，并解释他们与相关机构的纠缠与互动以及其中的动机是否存在有意的强化支配，让人有一种阅读日常生活史的细腻之感。因为历史，往往是因为有了人，才有了光。

读罢此书，可以感受到作者在思考如何走向活的制度史方面颇有独到之处。他在处理条规、群体的形成之时，通过个案的深描，呈现出不少历史人物的喜怒哀乐，一旦脱离了外交官的刻板定义，那些士大夫的生活与日常一下子变得水银泻地，比如他聚焦总理衙门章京、四川籍的杨宜治，将其日记纳入一个外交官的成长履历，折射出当时外交官的艰辛与怅惘，并将其视为当时制度的一个注脚。随后又结合师友函札，将名重一时的汪大燮作为公使典型进行个案分析，对高层的外交官具体情形也有了解剖。这位科举出身的总理衙门章京，在清末成为外务部司员，再逐步攀升为民国外交总长，在其中李文杰又着重描述了制度如何造就了人，尤其留意汪氏如何由传统士大夫转变为职业外交官这一奋斗过程。

在具体事件的反应与制度生成中，此书对于主事者的态度与倾向也做了细密的分疏，其中曲曲折折的人脉与网络，身处士林与官场的外交官当然无法自外，而这些外部的勾连自外而内而形塑了这个特殊的群体及其命运。

质与量的双重推进，使得以往模糊不清的历史变得真切起来，那些惨烈的败状与苛刻的条约，背景之外，又多了一层外交从业者的努力与感奋。给人印象尤其深刻的是，作者为各类官员精心编制了近 40 张表格，让读者对于其具体情形与演变一目了然，又避免了叙述的冗长与繁琐。

晚清史研究如何可能

近些年，海峡两岸中国近代史研究者似乎都习惯于眼光向后看，听说一些历史系想找晚清史师资已经不那么容易。晚清尽管波澜壮阔，但研究者或局限于史料获取，或畏惧于识文断句之难，或感叹题目已经做完，有志于晚清史研究者真可谓人生寥落车马稀。

不过仔细一想，其实随着国家清史工程的辛勤耕耘，大量以往不为人知不为人见的珍稀史料不断披露，此前需要花费大量心力方能获取的资料获取起来已经甚为轻松。吊诡的是，年轻后进对于这些新材料好像并无多大热情，不少人在新潮流的鼓荡之下，日渐淹没了自己，也失去了学术探究的学脉。

李文杰注意到，一些中国近代史研究者习惯于画地为牢，把自己局限于某某重大历史事件前后的研究之中，忽略了职官与制度的深层影响，他提醒我们注意职官制度对于中国近代史研究的重要性，“制度固然应对不了所有的疑问，但若少了制度，许多问题怕也无法得到清楚的解释。制度是一个框架结构，结构造就相应的功能；制度又有边界，边界限制人的能动性；制度还有自己的理路，从而形成独特的演进规律”。他试图“经由人的角度，进入制度研究，尽可能地使停留于纸面上的制度具体、流动起来”。制度背后的生成与演进，其实有着自身的逻辑，而这一逻辑又是当事人的选择与倾向所致，倘若不厘清这一逻辑，就事论事，就无法呈现历史的复杂性。

除了具体揭示总理衙门与外务部的历史，作者还无疑给我们提示了一个可能的路径，晚清时期的制度、机构、人物与事件，其实都很有值得拓展的空间。这些空间此前很可能更多是在于制度形成的过程梳理，但对于其社会反响与前后脉络，更重要的是其中的人事纠葛，探究的力度依然不够，如何在前人研究之上，结合既有史料大发现，将其更加圆融地揭示于学界，其实可以做的工作尚多。顺流而下，再进而探究民初乃至五四，想必成就或相当喜人。

晚清史的研究在过去曾经是热点，当下新清史又俨然成为热点，但与其跟着西潮去追究影影绰绰的新清史，其实无妨着力于这一轮潮起潮落的晚清史，深耕出老树新花。毕竟过于拥挤的研究领域，往往很可能“大树底下不长草”，这对于拓展中国近代史研究似乎并不太有利，更不利于深化对于整个近代中国的认知。

这一认知的推进，又不仅仅是停留于表面文章，而是在无形中苏醒我们的历史记忆，恢复历史的复杂性与历史研究的情境化，进而让更多似是而非的历史观渐渐消遁，而使得更加丰富而立体的历史认识会层出不穷，这无疑会成为最为动人的文化景致。

历史研究者往往对于汉唐盛世有着天生的研究热情，而对于皇权旁落的汉末与晚唐似乎就有了一点点心理障碍，所以相关研究近日才慢慢成为关注的焦点之一，但至今似乎也没有根本的改观。相对而言，中国近代史研究者更是非常惨淡，一部中国近代史，的确就是一部屈辱史，能够让研究者心情愉快的篇章总是那么有限而短暂，连抗日战争胜利了时人也视之为“惨胜”，以强调中国为此牺牲之大。

李文杰所处理的这个题目，其实正对应了“弱国无外交”这一名言，但他又修正了这一名言，作为弱国的清帝国，却拥有并不那么“弱”的经世致用之士。这波有识之士的命运格外崎岖多舛，面对格外贫弱的国势，面临清流的无端指摘，还要远游万里身处异国，但依然在“外交”这一新事物前格外用心，让当时的帝国在某些时候并非“落后就要挨打”，以致延续到北洋时期的对外交涉。

平心而论，洋溢其中的，与其说是技术细节，不如说是文化氤氲之下士大夫阶层的品质与操守，在其中不绝如缕，可谓黑暗中的点滴微光，让这段晚清外交官的历史显得悲喜交集。

原载《经济观察报》2017 年 5 月 28 日

战后东北接收：由困局到残局

曾几何时，谈民国成为了一种时髦，吊诡的是，其中最主要的参与者似乎反而不是历史学家。民国到底怎么回事，民国政治与人物的悲欢离合有何奥秘？这些很可能都不是好谈民国者所关注的实情。从“据之以实情”的角度来看，谈民国范儿者似乎离真相较远，而谈民国史者的苦心孤诣更值得予以留意。

汪朝光教授浸淫民国史三十多年，从辛亥革命前后的新军，到著名人物的个体命运，再到抗战结束后国共政争与交锋，都有浓墨重彩的研究。

如果说在赵宋之前，因为西北可以牧马，而冷兵器时代骑兵的优势往往可以决定战场的胜负，一致公认得西北者得天下；那么在热兵器时代，由于东北拥有国内遥遥领先的重工业与电力、铁路等战略资源，可以说是“得东北者得天下”。

在决定战后方针的中共七大上，毛泽东提出：“从我们党，从中国革命的最近将来的前途看，东北是特别重要的。如果我们把现有的一切根据地都丢了，只要我们有了东北，那末中国革命就有了巩固的基础。”其对东北的重视程度可见一斑，这既缘于东北的工业积累优势，又跟苏联在该地经营多年密切相关。国共双方对东北的争夺，不仅关系到双方在东北的发展及对东北的掌控，而且牵动双方的全盘战略，并极有可能影响到战后中国的政治动向与结局。

这本《和与战的抉择——战后国民党的东北决策》，利用新披露的大量档案文献与日记，从东北问题入手，侧重国民党方面的政策制定与应对，将苏美国共三国四方关系一一拆解开来，既看到了其中的利害冲突，又让人感到苏联在雅尔塔体系之外的游移与强人所难，更重要的是，在关涉一个重要的战略要冲生死存亡之际，国民党所表现出的迟钝与混乱，让人似乎闻到了其中丝丝暮气。

所任非人

抗战结束，让当时国共双方都有些应对失措。在如何整合战后的困局与迷局上，蒋介石似乎并无通盘的打算，尽管其日记往往事无巨细地写下他的反思与雪耻，但落实到操作层面，不少设想其实非常迂阔。

蒋介石曾经让当时负责东北接收的负责人之一张嘉璈为其预备数十万吨大豆，但张嘉璈反馈仓促之间东北根本不可能预备如此巨量的粮食储备。所谓兵马未动粮草先行，但在这位国民最高统帅的核算中，粮草的来源更大程度上是寄希望于美援。这一细节，让读史者颇感无奈。

不过这还仅仅是开始，为了尽快与苏联达成一致意见，尽快接收东北，蒋介石选定政学系要角熊式辉出任接收重任，尽管也象征性地安排了不少东北籍人士，但实则多为闲差，无异于摆设。

其实最初蒋介石本来要安排张群前往东北，熊式辉负责上海，可是由于熊氏的运作，最后改到东北。熊式辉这一争取，其实有其小算盘，他试图与蒋介石的幕僚长张群一在地方，一在中央，共同构建政学系同声相求的共同体，千方百计暗示愿意前往东北赴任，可是本人又对东北的局势却毫无了解，更未促成蒋介石妥善安排东北籍人士，使之一开始就埋下很大的隐患。

熊氏满意而来，失意而归，在东北谈判过程中，处处被动，不无悔意，比尽管仅仅负责东北经济接收的技术官员张嘉璈以及蒋经国，更缺乏全局眼光与应对策略，政治资本没有捞到，反而在党内惹得众怒一片。

东北籍高层人士齐世英之女齐邦媛在回忆录中，也表达了对东北接收时未能善用东北籍人士多有意见，更麻烦的是，由于苏联的压制，本来因为胜利从地下开始公开化并为国民党接收东北做准备的当地国民党人，也被迫再度靠边站。对内对外的举措让人遗憾之余，更平添无数抑郁，从人心而论，那层难解的忧愁似乎愈发固结。

加之老蒋的风格又是绝不准“将在外君命有所不受”，乐于遥控指挥，本来就格外困难的局面，因前后意见不一致，往往造成谈判桌上更多的误会与纠缠。

其实从当事人的日记可见，张嘉璈与驻苏联大使傅秉常无疑是东北接收的极佳人选，二人对于东北情形较为熟悉，后者更是长期与苏联打交道，知道苏联的行事风格，在应对苏联与重振东北方面有着更多的优势。

傅氏于1945年12月31日日记写道："苏联在欧对巴尔干，在远东对东三省绝不能放弃，是以吾人应认定此种不快之事实，万不可以为利用美国便可打破其在东三省之企图。我方苟欲利用美以制苏，则远水绝不能救近火，徒招其疑忌，对我更甚，我自己亦无力抵抗，所失更大。是以余以为，最好系承认事实，在东三省及新疆之经济发展尽力与苏合作，以释其疑。"

这一真切的现场反思，与美国有识之士的意见不谋而合，而且后者还将此意见告诉宋子文，宋也很快电告蒋介石，不过似乎毫无反应，最终于事无补，只好眼睁睁地目睹其由预言变为现实。

熊式辉晚年提到自己这一履历不无悔意，他的这一如意算盘最终落空，自己也颇为失意，可是沧海已经变成桑田。

外交与内政的多重变奏

国民党的东北谈判，本来是一场中苏之间的缠斗，可是由于国民党内部强硬派的抬头，加之苏联过于咄咄逼人，老蒋亦想通过党内与国内的清议与舆论，对苏联形成一定的压力。这就使得原本相对简单的外交决策，变成了一场多声部的变奏，内政与舆情对于外交谈判形成了多重干扰，甚至使得决策者产生了幻觉，导致原本就交通不便的东北，在谈判方面更加成了一趟失控的列车。

国民党六届二中全会表现尤甚，原本党内强硬派对"旧政协"对中共的妥协让步就耿耿于怀，此次东北谈判受挫，更是磨刀霍霍，试图强势反弹。经手《中苏友好同盟条约》、时任外交部长的王世杰原拟避实就虚，就外交报告涉及对苏外交一节轻描淡写，不曾想与会者穷追不舍，屡屡施加压力，责备宋子文、王世杰对于苏联过于软弱，俨然有不杀此人不足以平民愤之概。锋芒所及，未经历外交折冲之人快人快语，后来愈演愈烈，让蒋介石似乎也看到了“民心可用”的幻象，本来对苏谈判试图退两步又变作寸步不让，不过外交经验丰富且实力占优的苏联完全不吃这一套，在拖延撤军进程的同时，更大胆鼓励中国共产党全力北上，占据更多有利地域。

国民党在形式上似乎占了便宜，但在进入东北的时机上却失去了宝贵时机。更何况在其中，更牵涉美国的利益，他们一方面帮助国民党运送军队到东北，但另一方面又试图从中谋利，而美国的介入，使得中苏谈判更加复杂化，强势的苏联主导了谈判的节奏。

体制的殊相

此前人们谈到国民党时，往往认为蒋介石独裁，甚至有人骂其实行独夫统治，从实际来看，老蒋可谓想独而不可能，他受制于党内各派的纠结与斗争，试图操控局面但往往得不偿失。

所谓的独裁，在海内一统时似乎有其可能，一旦面对外患，就往往要大打折扣。遑论事出多端，看似无所不管，其实往往只能广种薄收，东北接收之前，天真地以为有了中苏合约，就可以名正言顺将东北收入囊中，对于具体接收方案浮皮潦草，寄希望于苏联的配合与支持。事与愿违，一旦面对苏联的阻挠，由于毫无预案，只好临阵磨枪，最后往往一次次失落。

东北谈判，尽管仅仅是一个案，但却堪称国民党体制的一个测试，因外交而牵动内政，因内政而影响军事，再因战场上的胜负而影响外交，环环相扣，一着不慎更可能全盘皆输。

面对中苏外交问题，诸色人等你方唱罢我登场，务实派往往被清议批得体无完肤，像张嘉璈这种行家又因为远离权力中枢，即使有见解也无法主导事件的运行逻辑。看起来好不热闹，其实反而给决策增加了难度，只好一味以国民党最高领袖的决定为指导，也更制约了身处交涉前线负责人的积极性，来回沟通之中，已经悄然失掉了不少战机。

相对于中共出兵东北的迅雷不及掩耳，国民党的高层决策往往议而不决决而不行，正如前面提到，关涉东北接收负责人这样重大的事项，都可以讨价还价，而且其中还夹着不少私货。这在中共当时是不可想象的，除了多方向中共中央建言之外，在人事任命方面，中共党内执行决议迅捷有力，同僚之间也能通力合作，相对而言，国民党内处理此事则有着不少的利益之争与意气之争。

中共在旅顺与大连接收一事上，由于苏联的强势，党内有不小的反弹，但中共上层对此反应迅速，为了巩固中苏友好关系，对于党内的杂音进行了内部处理，但又在与苏联交涉予以郑重提出，使得双方合作相对顺畅。这里面尽管有着共同的利益诉求，但是倘若此间不能及时妥善处理，也有可能酿成不少误会。

此中当然不仅仅是执行的问题，更关键的是在调查研究方面耗费心力的多与少，老蒋每天在日记中勾勒与检讨，但真正有调查根据的似乎并不太多，往往停留在自己的构想与揣度，而事后苏联的反应却往往出乎意料。这既是国民党最高决策者的个人风格，也连带着上行下效，在看似规整的规划下，其实仅仅是纸糊的金刚。

作者也不由得感叹，中苏条约谈判，国民党连具体接收程序都没有讨论过，具体接收又行动迟缓，不够圆滑。而中共则战略与战术并重，应对得当，迅捷高效，最大限度地提升了自主性与控制力，从政治运作与军事较量都愈发老练，“由东北争夺之结局，亦可知国共战后争夺最终结局之必然”。

示来者以轨则

本书所选题目足够聚焦，不是放开谈东北问题，而是大量发掘近期披露的珍贵史料，重点关注研究尚很不充分的国民党东北决策，论题的重要性毋庸赘述，思想资源与打击目标都足够精准可靠。待运思之时，又能避免一叶障目之弊，将苏美国共三国四方的犬牙交错的形势予以一一揭示，抽丝剥茧，重点突出，如非浸淫民国史研究数十年殊不易办。

作者力图重返历史现场，但又不拘泥于饾饤考据，而是将学界所谓的假设进行复盘，让不少似是而非之见无所遁形，呈现了这一大开大阖的历史巨变，在张力与顿挫之间，挥洒出一幅精彩纷呈的东北交涉图。与此同时，借助长远的历史眼光，在宏观与细节之间切换自如，对当时各方的得失成败进行了简要的评点。

犹如本书所关注的紧张的交涉，作者的文字亦极为洗炼，然而在引用当事人的话语时，又能恰如其分，寥寥数语，既能交代了事情原委，更凸显了言说者的个性与情绪，给人以曲径通幽之感。

当我们对在读的后学提出无数发表的指标之时，或许忘了最为重要的是如何贡献一个出色当行的研究，作为史学名家，作者以十足的耐心与巧思，为后来者提供了一个典范。

原载《经济观察报》2017 年 8 月 6 日

五四之子傅斯年

迄今为止，五四依然是一个让国人心紧眼热的话题，即使未来德先生（democracy，民主）与赛先生（science，科学）福泽两岸，穆姑娘（morality，道德）觅得佳偶，五四一辈的气象与关怀，仍旧会是国史上不灭的光与热。五四时期老师辈与学生辈的同声相求，氤氲出壮美的文明与启蒙之梦。傅斯年，这位时人眼中的“黄河沿岸第一才子”，从出道之日起，就成为五四历史苍穹璀璨的明星。

如此一位不世出的大才，离开我们这么多年了，却未能出现一本精彩的传记，让我们可以清晰而深入地逼近其心灵世界。作为傅氏的后学与继任者，台湾“中研院”院士王汎森教授在普林斯顿大学的博士论文《*Fu Ssu-nien：A Life in Chinese History and Politics*》（Cambridge University Press，2000），从问题史与叙事史的角度入手，以其对中西学术的熟稔，加上对傅斯年档案与文献的精密解读，为我们勾勒出傅斯年这位五四时期北大骄子的学思旅程，问世以来，已经成为学界研究傅斯年与五四时代的重要论著。

求异的思想家

傅斯年在胡适眼中，是当年少数学问比他还好、让他有些战战兢兢的学生之一，以致因为傅斯年的一句考语，胡适方能在北大讲台站稳脚跟，进而暴得大名。生长于忠义之门的傅斯年，幼年失怙，与寡母幼弟相依为命，由于父执辈的慷慨相助，得以进入名学堂就读，加之祖父的古典熏陶，看似不幸的傅斯年，却积淀起迥异于同侪的学问厚度，当然，或许庭训也使得他根子里那种“华夷之辨”始终挥之不去。

天资卓荦的傅斯年，以满腹经纶，在北大赢得刘师培、黄侃等旧派的赏识，目为衣钵传人。他对西学的敏锐与见识的通达，又使得新派的陈独秀、胡适诸人，对其青眼有加。不过，学界的竞逐之外，尚交织着社会与国运的苦痛，傅斯年试图从社会革命的立场着手，将他所理解的俄国革命方式嵌入民初中国社会，这一方案是直接源于李大钊的影响还是来自其他途径，至今依然是谜，不过这一选择目的与手段之间的歧异，却很少见到有力的分疏。

此时的傅斯年，对于国民性有着独到的观察，甚至将中国人与中国狗相提并论，以为二者的劣根性皆误人甚大。在他看来，社会革命的最终目的不是“全国一盘棋”，而是污浊的社会得以淘洗，在“造社会”之外，好使世道人心进入正轨，人性的光辉由此闪亮。

新文化运动时期不到一年之内，傅氏铺陈了五十篇社会评论，几乎等于其后来所有时评的总和，这些思想因子与时代潮流的激烈碰撞，至今读来仍然动人心弦。然而，社会并未随着五四的呼告而回归正轨，《新青年》同仁的分裂，共产革命的兴起，尤其是广州起义后激进势力的表现，当时身在广州的傅斯年，差点儿丢掉性命，使得傅氏对于共产革命的主张一直相当警惕。

在一般人眼里，傅氏往往更多是一个学术领袖，而很少注意到他伟岸的身躯里的思想火花，更未发现他经常作为一个求异的思想家登场。清末民初章学诚的被发现，堪称学界一大热点，尽管乃师胡适极力表彰章氏，可是傅斯年却不以为然，以绍兴师爷视之。由于周作人、陈独秀的影响，傅氏并不讳言性与性学，试图从性的问题，发现改造国民性的途径。他有很多的思想闪光点，都因为学术事务的繁重，加上身体的病痛，所耽搁了。王汎森对此费心勾勒，结合傅氏的阅读史，有不少新奇可喜的稽核，延伸出傅氏与五四思潮相激相荡的生动场景。

走向新学术之路

傅斯年集学术研究的“政务官与事务官”（章太炎语）于一身，以擅长学术组织著称于世，研究成果虽然不多，大都精妙绝伦，以至于海外汉学界一致推重的陈垣，在家书里也自愧不如。其实这一“左右逢源”，有着不为人知的艰辛与契机。

留洋七年，自视甚高的傅氏，连一个学位都未弄到手，原本极为看好他的胡适认为是自甘堕落，甚至为此两人曾颇不愉快，以致鲁迅在书信中大叫不懂。不过在我看来，其中很可能是由于傅氏的大学室友顾颉刚已“在史学界称王”，使得生性要强的傅氏，正精心筹划一场绝地反击。王汎森从傅斯年留学的踪迹入手，既亲到欧洲踏访傅氏留学旧地，又一一爬梳傅氏当年的留学笔记与阅读眉批，将其当年在海外的知识仓储摸得一清二楚，再结合当时英、德诸国的知识传统与精神氛围，找到当年傅氏与陈寅恪等人虽然身在德国，所关注者却并非德国学术主流，而是倾心更有助于解决中国的旧典范。这一世界视野中的观察，提示了我们观察民国学界放宽历史眼界之重要。

多元化的知识储备，为傅氏归国后大展身手提供了开阔的眼界。在学术组织方面，他将西方最新的学术方法施于中国，创建享誉世界的中央研究院历史语言研究所，不失时机地实施安阳考古，汇聚学界俊彦，以多元的视角发掘、处理新材料，短短几年就成就斐然，赢得学界公认；在个人研究层面，傅氏有着极浓的学问欲，在很多大问题上将顾颉刚击碎的历史断片一一拼合，调整视野与角度之后，从建设的角度给予顾氏致命一击，同时也赢得了学术界的高度认可。

王汎森在重建傅氏的学术霸业路线之时，注意到其对于各方关系的疏通与人才的培育，同时注意到针对“古史辨”运动的“拨乱反正”的氛围，打捞其重建古史系统的传播过程，而非仅仅关注学人做了什么，进而跟踪之后的学术反响，使得学术史研究内外兼修，更加立体而生动。这一追索过程涉及民国这场影响极大的学术运动的来龙去脉，倘若没有对于中国古史、中国经学史与民国学术深入的理解，是无法做出如此富有张力的解释的。

不过，当傅氏以西方学术方法整理中国旧学的纯学术工作热火朝天之时，他或许无法顾及到，当时的中国社会的年轻人，却更渴望给动荡的中国未来一个确定性的解释。傅氏及其同仁在学术工作上越高歌猛进，窗外的意见气候却越来越左倾，学术界与社会被打成两橛，无形中似乎已失去对于年轻人的感召力，而如何争夺青年，正是傅斯年对立面所娴熟的工作，以致国共相煎甚急之时，傅氏不得不恶补列宁主义读物，渴望从中寻求因应之道。

政治热情从未冷却

作为五四运动的学生领袖，傅斯年心底对政治的热情或许偶尔冷淡，但从未冷却。一旦面对家国之难，傅斯年已经无法掩饰他的一腔热血，当“九一八”事变之起，两害相权取其轻，他宁愿暂时减少对学术的关注，甚至冒着学风轻佻的风险，全身心投入《东北史纲》第一卷的撰写，坚决为国土之完整而抗争，即使立即有人指责其粗疏，他依旧痴心不改。为坚持抵抗日本的侵略，他认为宁愿在独裁体制下生存，为此就《独立评论》同仁关于统制与自由的谈论淡然置之。

国民参政会期间，面对战时官场的贪腐与人浮于事，傅斯年常施以辣手文章，以往学界常常以之为美谈，王汎森却从当时国民政府清流（知识分子出身）与浊流（买办阶层出身）之分入手，拈出傅斯年与其批判对象的人脉，揭示出傅氏为此付出的代价与心理紧张，然而却初衷不改。铮铮如此，却无法化解党国体制下的丛丛弊端，可是两端相权，国共之间，傅斯年恰似“过河的卒子”，只好努力为蒋介石鼓与吹，其临难不苟免的古风让人动容。

傅氏心中或许横亘着一道华夷之辨的巨坎，逢“夷”必舍生忘死。当日本入侵之时，他拼死抵制；面对国共之争时彼方所向披靡之势，他笃信是出于苏俄的指使，宁愿紧跟国民党政权，而不改其对外人宰制中华的恶感与愤激。

北大复员，校长一职，蒋介石原本属意傅氏，傅氏则只愿代理一段，为胡适做铺路石。在重建北大期间，严格甄审事伪教员，四处搜罗一流人才充实师资，拓展新学科与新院系，一时气象万千。从复员，到 1948 年五十周年校庆，短短两年，国共攻守势易，北大岌岌可危，校长胡适在炮火中飞往南京，临行时痛陈“我虽在远，决不忘掉北大”，从此却再也没能回来，当时舆论一片唏嘘。

傅氏作为蔡元培时期北大最为出色的学生，眼见自己辛苦经营的局面毁于一旦，自己魂牵梦绕的母校面临惊天之变，当时的心境可以想见。东南一隅，他已宛如救火队长，正全力重振台湾大学。

如何赢得青年

得知南京即将易主，一直病痛缠身的傅斯年，甚至想过追随陈布雷、段锡朋之后，以无量安眠药，了断余生。只是世势的催逼，使得自杀都俨然成为一种奢侈。刚刚给北大收拾出一番新容颜，他又被任命为台湾大学校长。因夫人苦劝，傅氏自杀未果，遂将自己关在一个小屋子里，整整锁了三天，反复吟诵陶渊明的一首《拟古诗》：

种桑长江边，三年望当采。
枝条始欲茂，忽值山河改。
柯叶自摧折，根株浮沧海。
春蚕既无食，寒衣欲谁待？
本不植高原，今日复何悔！

几乎同时，原本一心想做国人导师的胡适，也在 1949 年 1 月 2 日的日记里记下这首诗，深深自责未能尽力于引导青年。

如何赢得青年，似乎也是傅斯年晚年考虑的要点。

台大成了他生命的终点，留洋七年后他一直鼓吹以最西式的方法整理中国学术，面对危局，却毅然在台大大一新生中推行《孟子》阅读，甚至奖掖以此作文的优胜者，苦心积虑，培植学生的浩然之气。与此前后，身处香港一隅的钱穆，某次因患严重的胃溃疡，躺在新亚书院空荡荡的教室空地上，让一旁不知所措的学生余英时，去买一部王阳明的文集给他看，余英时携书回来时，钱氏还孤零零地躺在原地。傅氏与钱氏，同为被“毛选”点名者，一在台北，一在香江，尽管他们因学术分歧导致形同陌路，在风雨如晦之时，却不由得都深深转向古圣的心性之学，藉以纾困解忧。海外学人内心的忧虑与悲凉，可谓山河同悲。

1946 年春的一天，傅斯年与蒋介石在北平文丞相祠“万古纲常”之匾额下合影，后者志得意满，而傅却脸色凝重。与蒋介石私交甚笃的他，国共鏖兵之际，曾多次上书，为中枢纾忧解困。台湾大学重建之迅速，离不开上峰的鼎力支持。义愤与感发的交集，使得台湾大学的工作，虎虎有生气。从傅氏对青年的万般呵护，恍然可以窥见他勾践式的梦想，这样一拨青年，后来不少人都成为掀起宝岛巨浪的历史推手。

傅斯年暮年，身体已不堪病魔摧折，心里则背负家计之忧与校务之繁，拼命腾挪其间。他的弃世，无异于宣告五四运动的终结，因为海峡两岸刹那间都陷入无处躲藏的历史暗屋，尽管时日或短或长，彼岸活着的胡适也长期寂寞，傅氏的侪辈，也更多谨守着他开启的学术工作；此间则“六亿神州尽舜尧”，漫烧诗书喜欲狂。五四俨然一段青涩的记忆，无法忘怀，却又难以捕捉。

古语云叶落归根，傅氏却矢志不渝地埋骨于如此一个陌生之地。义气与肝胆，故友与后辈，伴随着傅园与傅钟的声息与光影，透过王汎森此书，时不时可以让人怀想那个时代，以及那座岛屿的体温。

原载《南方都市报》2012 年 4 月 22 日

从浙江潮到民国风

——《蒋百里全集》出版前言

君子之德风，小人之德草。草上之风，必偃。

——《论语·颜渊》

一

蒋百里，名方震，乳名福，号飞生、余一，晚年号澹宁，以字行，浙江海宁硖石镇人，生于1882年，去年是蒋氏一百三十周年诞辰。

蒋百里出身贫寒，与寡母相依为命，为人至孝，曾有割臂疗母之举。自幼聪慧过人，深得同乡名儒与父母官赏识，得以进学，又获资助赴日留学。

蒋百里自幼生长于海宁，钱塘江潮每每鼓荡而过，气吞山河，沛然莫之能御，少年时代的蒋百里一定对此记忆深刻，以致于日后留学东瀛时期，创办《浙江潮》，发刊词中对此再三致意。这一唐宋以来文人骚客笔下的惊世奇观，隐隐中似已深深印入蒋百里的骨髓。

甲午中日之战中国惨败，帝国的创深痛巨，演化为少年蒋百里的沉痛记忆，因此掀起学习外国的巨澜。留学日本期间，因目睹国家贫弱，蒋百里设法进入东京陆军士官学校学习，与蔡锷、张孝准等人先后同学，因志行坚卓，学业优异，毕业时名列前茅。后归国效力，不久又远赴德国学习陆军，扬名异国，深受德方军事统帅激赏。经过在当时陆军强国日本、德国十余年的磨练，蒋百里已经成为一位视野开阔、素养超群的杰出军官。

留日期间，蒋百里除精习军事之外，积极参与留日学生的社会活动，主持著名革命刊物《浙江潮》风行一时。归国后投身革命浪潮，为辛亥革命之元勋。当时的云南都督蔡锷以蒋百里“留学东西洋十余年，品行、学术、经验、资望为东西洋留学生冠，亟应罗致，以餍海内之望”，向孙中山、黄兴全力举荐蒋氏出任南京中华民国临时政府参谋部总长或其他重要军事要职。

民国肇建，蒋百里投身军队建设，出掌保定陆军军官学校，作育英才无数。五四运动时期，积极发表言论，参与社会改造，举凡政论、文学、翻译，皆有创见，被誉为中国现代文艺复兴式之杰出人物。

五四运动至抗战爆发之间，蒋百里先后出任吴佩孚、孙传芳总参谋长，北伐后襄助唐生智实现蒋氏心目中的“新湘军”，多所筹划，只是由于当政者未从善如流，一一化为泡影。助唐生智起兵反对蒋介石失利之后，蒋百里受牵连入狱，只是由于其保定系影子首脑的角色，系天下保定系之向背，所以才被蒋介石幽禁数年，在华年消逝之余，以抄佛经度日。

抗战爆发前后，蒋百里作为国民政府元首特使出访德国与意大利，竭力争取军事援助，一定程度上延迟第二次世界大战的爆发。自华北形势危急之后，蒋氏以其对日本之深入了解，

蒋百里戎装照

早年蒋百里

蒋百里与梁启超等人考察欧战

全力分析国内外形势，为国家抗战战略建言无数，在在皆堪称金玉良言，既切合实际，又深谋远虑。其所著《国防论》一书为国共两党军政领袖公认为战略杰作，毛泽东在延安时期曾指示郭化若对其进行研读。与此同时，蒋氏还就日本之国民性与国情做深入研究，所著《日本人——一个外国人的研究》发行数十万册，极大鼓舞了全国军民的抗战激情，大大摧折了日寇之锐气。蒋百里在 1938 年前后发表近百次公开演说，为全国各界分析时势，揭露日寇之外强中干，不少演说脍炙人口。

蒋百里晚年，临危受命，主持陆军大学事务，在竭尽心力之后，于赴任途中病逝。病逝当天，还在为陆军大学的未来殚尽竭虑。噩耗传来，一时举国悲痛，然而其著作与精神却永存霄壤。

蒋百里作为一代军事学大师、文学家、翻译家与书法家，著作宏富，见识卓绝，决无浮泛之作，加之人格卓荦，谈吐幽默，在当时即传诵一时。由于逝世较早，蒋氏著作散失较多，后人一直缺乏一部了解先生思想全貌之全集。

当下日本右翼势力不断抬头，妄图挑起钓鱼岛争端，吾国上下群情激奋，只是热情有余，知性与认识似乎颇为欠缺。蒋百里作为近代中国“知日派”的佼佼者，于抗战前后对日本之国民性与政治军事情势有极为精到之剖析，风雨如晦的当年，这些建言与分析大大鼓舞了抗战军民的斗志。前事不忘后事之师，蒋百里睿智的思考，相信如能通过其全集的出版，传播其对于敌对势力的深入研究，以便知己知彼，似可有益于国家与国民对于相关国是之认识。

二

自蒋百里去世以来，中国大陆及台湾、香港的大小报刊上公开登载的追悼、纪念、回忆与介绍性文章将近 200 篇。1982 年 4 月，台北各界人士举办了“蒋百里先生百年诞辰口述历史座谈会”，并在《近代中国》刊载座谈会纪实。1992 年 11 月，浙江省海宁市政协召开了“纪念蒋百里先生诞辰 110 周年座谈会”，并编辑出版《蒋百里先生纪念册》。海峡两岸多次重版《国防论》《新兵制与新兵法》《欧洲文艺复兴史》《日本人——一个外国人的研究》等蒋氏著作。《日本人——一个外国人的研究》甫一问世，即有日文译本。另外还相继编辑、出版了《蒋百里抗战论集》（张禾艸、黄萍荪编，金华新阵地图书社 1939 年版）、《蒋百里抗战论集》（张禾艸编，金华友声编译社 1939 年版）、《蒋百里先生文选》（黄萍荪编，金华新阵地图书社 1939 年版）、《蒋百里先生抗战论文集》（《大公报》西安分馆 1939 年编印）、《英雄跳，我们笑：蒋百里先生遗书》（褚道庵编，重庆时代出版社 1939 年版）、《蒋百里文存》（韩一青编，西安大东书局 1941 年版）、《蒋百里先生文选》附册《纪念之页》（黄萍荪编，永安新阵地图书社 1944 年版）、《蒋百里先生文集》（国防学会 1947 年编印）、《蒋百里先生文选新编》（龙冠军编，台湾新生命出版社 1955 年版）、《蒋百里选集》（钮先钟选编，台湾壬寅出版社 1967 年版）、《蒋百里先生全集》（蒋复璁、薛光前主编，台北传记文学出版社 1971 年版）、《蒋百里传记资料》（朱传誉主编，台北天一出版社 1979 年版）、《蒋百里先生墨迹》（吴德健主编，上海人民美术出版社 2008 年版）等。这些文献的整理与刊行，为研究工作提供了相当丰富的原始资料。

但是不得不说的是，由于没有详尽地占有和使用原始资料，造成整个研究显得长期低水平重复。很多关于蒋百里的说法更多是沿袭陶菊隐《蒋百里先生传》的说法，以讹传讹，未能进行详实的考辨。其中影响最大的说法，即蒋百里从日本陆军士官学校毕业时以第一名夺得天皇赐刀，就存在颇多疑点，因为当时只有在日本陆军大学毕业时的第一名才能获得天皇赐刀，作为基层军官养成院校的陆军士官学校毕业生是不可能获得天

蒋百里夫妇与他们的女儿

晚年蒋百里

皇赐刀的。这一说法的缘起与真实有待考察，可能是另外一种荣誉的误传，更多反映了近代中国人对日本人嫉妒与仇恨交加而急于战胜之的心理期待。

尽可能全面地掌握原始文献，是历史研究的基础性工作。要推进和深化蒋百里研究，应该首先从这里实现突破。由于各种条件的限制，台北传记文学出版社版《蒋百里先生全集》并非真正的全集，连蒋百里留日时期的大量著译文章和《参谋勤务书》《军事常识》《国民经济学》等重要著作都没有收录，甚至《改造》上的文章也有遗漏。资料的搜集既是一项艰巨的工作，基于民国资料的浩瀚，也大有可为。蒋百里除在自己主持的《浙江潮》和《改造》上发表大量长文及短评，又先后向《新民丛报》《庸言》《大中华》《东方杂志》等报刊投稿或应约写稿。他发表在这些报刊上的撰译文章，有的署有笔名，有的则匿名，但经过考证，可以确认部分。如在《浙江潮》上有以"飞生""余一""慧僧""顽僧""维曾""韦尘"等笔名，先后发表《国魂篇》《民族主义论》《俄罗斯之东亚新政策》《俄人之性质》《近时二大学说之评论》《真军人》等论文、译作13篇，除了已收入本书者之外，其中数篇很有可能是出自蒋百里之手。蒋氏还几度成为新闻人物，1913年6月自杀未果以后的一段时间，1920—1926年间主持讲学社、参加湘浙两省制宪及周旋于吴佩孚、孙传芳、赵恒惕、唐生智等人之间的时候，1938年出使欧洲归来居留汉口迄至去世之初，在这三个时期内，各地的报纸纷纷报道他的行踪，刊发他的演讲词和文章，或者登载对他的悼念和追忆文字。因此，可以在《民立报》《顺天时报》《申报》

《长沙日报》《晨报》《时事新报》《中央日报》《大公报》《扫荡报》等查找到不少资料。蒋百里交游广泛，又先后出长保定军校和陆军大学，虽为时甚短，但对学生影响甚大。这些友朋和学生中不少是近代史上的著名人物，有关他们的传记、日记、年谱和回忆资料已相继在海峡两岸出版，从中可以觅得一些有价值的资料。此外，北洋时期和南京时期国民政府的档案中，也保存着不少有关蒋百里的资料。时至今日，在近代史料大量披露的局面之下，很有必要重新编辑、出版一套《蒋百里全集》，为深入开展探讨蒋百里的生平和思想提供便利。

三

笔者在中国社会科学院近代史研究所就读期间，曾从受众的视野关注清末的革命动员，披阅清末革命报刊之际，对蒋百里主持的《浙江潮》印象极深，由此留意其人其书，深深佩服这位“文艺复兴时代的典型人物”（曹聚仁语），遂注意搜寻蒋氏相关文献，已有近十年光景。呈现给读者诸君的这部《蒋百里全集》，即是笔者近十年来悉心搜寻的结果，期待能为学界研究蒋百里及其时代提供些许助益。

此前各种蒋百里论著的版本，或由于事出仓促，或由于人为偏见，或由于政治区隔，在取得成就的同时，也留下了不少遗憾。此次收集蒋百里全集，笔者尝试着从海内外收集蒋百里已刊未刊论著，除了从近代数十种报刊辑录其撰著，还从档案馆寻觅其函札。另外，还从蒋氏后裔提供的蒋氏手迹整理出一批家书。所录文献，多为有句读而无标点，此次一一标点。为让读者领略其书法，亦收录蒋氏留下的墨宝，以便从多个层次见识这位先贤的风采。

近年劲吹一股“民国风”，隐隐然意味着文化界与知识界欣赏趣味的位移。在蒋百里这位由秀才远赴日德修习军事，进而执民国军事教育界牛耳的先贤身上，广求知识于世界的磊落豪气，临难不苟免的勇气，奖掖后进不遗余力的热情，君子不器的自我期许，在笔者看来，如果这是所谓的“民国风”或“民国范儿”，的的确确是民国杰出人物的风范。

蒋百里的为世人所知，更多是作为兵学家，然而揆诸史实，蒋氏远远不仅仅是一位兵学家，作为近代中国一位才气横溢的人物，他纵横于政治、外交、文学、佛学与书法等领域，流露出敏锐的眼光。如何在古今中外军事思想与各种学术交融的视野中对蒋百里一生作更全面的考察和切实的分析，甚至将其作为折射近代中国军界命运的多面体，进而捕捉那种若隐若现的“民国风”，似乎还有待于今后更扎实的探索。

《蒋百里全集（八卷本）》，谭徐锋主编，
北京工业大学出版社 2015 年版

捕捉史家与时代的多重记忆

——《章开沅口述自传》书后

十年潜影

我发愿想请章开沅先生写一部口述自传，其实是受胡适的启发。

2001年春的一个午后，作为大一新生，我在武昌桂子山华中师范大学历史文化学院资料室读胡适《四十自述》，就留意到，1933年6月底，胡适在太平洋上，为该书作序："我在这十几年中，因为深深地感觉中国最缺乏传记的文学，所以到处劝我的老辈朋友写他们的自传。不幸的很，这班老辈朋友虽然都答应了，终不肯下笔……"

其中让胡适最为后悔的是，林徽因之父林长民，就因横死于兵变，满肚子曲折摇曳的故事随风而逝。

我当时就想，桂子山的两位杰出历史大家，张舜徽先生无缘得见，可惜除了片段日记与少许回忆，未留下详实的自述；而章开沅先生经历事情更多，或许值得予以发掘。

这一潜影，时时记挂心头，直至北上游学，随后投身出版，未敢或忘。后来因策划出版章先生的著作，得到他的鼓励，这一念头更加浓烈。

查2011年10月9日日记，记有：

昨天宫崎寅藏家藏革命文物首发式在宋庆龄故居举行，师爷章开沅先生出席。

昨晚，前往沅公下榻处拜谒，告别桂子山，后来常邮件往复，已经八年未曾谋面，尽管先生的影像一直在心目中存留。承蒙谬奖，提到我与杨公编的《辛亥革命的影像记忆》，又再三谈及他在我老家读中学时的情形，以及老一代出版人的风范与操守。因为怕他激动，只好适可而止，计划请他做一本口述自传。后与彭兄剧谈，迹近失眠。

早晨起床，6：30去请起时他如约开门，提着电脑包，轻便下楼，只是比原来更多了些许笑容。言及自传，先生认为明年或许有时间来操作。

这就是《章开沅口述自传》的缘起。

当时作为辛亥革命史研究元老，章先生正忙得不可开交，但精神依然矍铄，时不时还有论著发表。

当时我正计划约请冯其庸、戴逸、章开沅、龚书铎、汤志钧诸位先生的亲近者整理其口述自传。

这一计划，后来时断时续，因为要找到合适的整理者与时机颇不容易。龚书铎先生的自传就是一个极为令人遗憾的插曲。当意识到该开始进行时，龚先生不久即因病去世。龚先生交游极广，学术兴趣浓厚，从当年自台湾冒险奔赴北京求学的传奇经历，到身处各种重大事变当头的应对，在在皆值得浓墨重彩。

不过，章先生的自传由于他本人的密切配合，以及彭剑兄的积极推动，如约完成。期间，我与彭兄时常沟通，从章节布局到图片选择，皆身为融洽，现在想来，真是流连忘返，值得浮一大白。

史家本色

此书成稿后，我拜读过数次，觉得其中写法很值得一说。

口述采访结束之后，整理者先将口述录音原原本本地转换成文字，即口述史学界所称“制作抄本”。

接下来，彭兄用了近一年时间进行梳理。抄本的文字超过60万字，而自传的文字却不足30万字，即此一端，便可看出二者差别之大。而且，自传文稿的文字，也不是将抄本做简单的减法而来。其中的大部分内容当然来自抄本，但除此之外，尚有如下几种来源：一种是别人所做的口述采访；一种是听章先生或别人口述，但未记录者；第三种是章先生的笔述；第四种是章先生的日记。

当整理稿送呈章先生审读时，老先生花了很多心思进行润色。先生对此书极为看重，其中修改不下百数十处，补充了大量口述时没有谈及的信息。

当然，这些修改仅仅是将内容变得更加完善，也体现了章先生对此书的高度重视。

对于很多重要事件，我跟整理者达成共识：只要先生愿意讲，就秉笔直书，暂时或许不方便发表，也为今后保存史料，从更加原生态的角度为历史研究提供另一种可能。

我相信，今后如果读者看到最完整的版本时，或许会对章先生与整理者的良苦用心感佩不已的。

这一做法，或许最为直接地体现了史家本色。

多重记忆

记得当时听章先生演讲，他曾多次提到海外戏称他为“非著名大学的著名校长”，读了这本自传，我们不仅可以了解这所“非著名大学”——华中师范大学的前世今生，更可以直溯民国时代，将章先生家世源流与早年经历，得着一个细密而生动的了解。

作为改革开放后最早开展国际学术交流的中国学者之一，章开沅先生先后应邀访问了东西方十几个国家和地区，并先后受聘担任耶鲁大学、普林斯顿大学和台湾政治大学及“中央研究院”近代史研究所等许多著名学术机构的研究教授。曾任华中师范大学校长、国务院学位委员会历史学科第一、二届评议组召集人。在辛亥革命史研究、中国商会史研究、中国教会大学史、南京大屠杀历史文献等研究领域都有开创性的学术贡献，在国际上享有盛誉。

章先生一生生于北洋时代，成长于抗战之间，曾浪迹江湖，亦投笔从戎，再就读于享誉国际的金陵大学，最后投身解放区，参与革命。1949 年之后，由中国革命史教员，经过借调北京，亲历文革，艰难困苦之中，笔耕不辍，继而创建享誉国际的中

章开沅先生在韩国出席中国近现代史史料学研讨会

国辛亥革命史研究会、华中师范大学历史研究所和中国教会大学史研究中心。

当初设计这一套丛书时，我构想不是干瘪瘪地进行大事记的笔录，而是以日常生活视角，更加多元地呈现传主的经历，尽量保持历史原貌。现在看来这一构想在本书的确比较成功，呈现了晚近中国学术史、教育史与中外文化交流史中的不少生动历史细节，娓娓道来，趣味盎然，于不经意间，让读者领略近百年历史剧变。

正是基于更加立体的角度，不仅仅关注传主成功的一面，也关注那些不堪回首的记忆，追寻当时那些共同相依相随的师友故旧，在不断的角色转换中，留下那些动人的足迹。

真相何为

作为一名杰出的历史学家，传主耄耋之年，对自己的过往有极为真切的认识。个中叙述，往往可以澄清很多我们对于既往历史的迷思（myth），让未来的研究者可以更接近真相。

作者参加青年军退伍之后，进入著名的教会大学金陵大学就读，其中对学生考核之严格，严进严出的遴选与淘汰机制，使得其学生素养得到了很大保证。当下不少文化人大叫其“民国范儿”，以至于有些历史学者也望风而靡，透过传主的亲身故事，或许不无以正视听之益。

20 世纪 80 年代也是近些年被神圣化的年景，作为一名大学校长与研究机构领导者，章先生对此有细腻的描述，他本着学术本位，在看似不疾不徐的谋划中，将所服务的机构托到一个海内外知名的地步，其中很多点滴，在书中细致入微。尤其难得的是，这些成绩，完全不是所谓的行政支持与干预，更多是源于章先生身上的使命感与感召力，无论是主攻方向的定位，学术梯队的凝聚，还是学术交流的密切，都处处体现出匠心独具的努力。

他对学术立校的坚守，无疑值得当下纷纷扰扰的高校借鉴与反思，那些看似波澜不惊的付出，反而可以给大学奠定坚实的根基，进而挥发出绵长而浓厚的文化芬芳。

通过这部自传，或可以较为清晰地呈现一个民国与 80 年代的真相，以及这个国家近六十年的风雨兼程。

作为过来人，章先生举重若轻的点评，或许可以给有心人

1947 年秋，金陵大学历史系部分师生合影于贝德士住宅前。一排左二：王绳祖；二排左二：陈恭禄；左三：贝德士；右一：章开沅

章开沅先生在艺术节上欣赏学生表演

不少启迪。

历久弥新

不过，此书给人最大的感受，反而不是那些让人眼忙的生动细节，最重要的是章先生身上那种纯真。

作为校长，他“确实非常希望大学能够有独立之人格、自由之精神，对于主流体制，不要跟得太紧，而要有自己的步伐”。

作为学术前辈，他对当下浮躁的学风深感忧虑，认为盲目追逐项目将是对学者学术生命的最大戕害，召唤涌现更多纯正的学者，以便振兴中国学术：

> 在与主流保持理性的距离之后，才有可能进入做学问的最佳精神状态。做学问的最佳精神状态是什么？简单地讲，就两个字，一个是“虚”，一个是“静”。虚即是虚空，脑中没有丝毫杂念，没有柴米油盐酱醋茶的羁绊，没有项目，没有考核，甚至于没有自己以前的一切理论知识，将自己完全放空。静即是宁静，不生活在热闹场中，才能宁静；心不为外界诱惑所动，才能宁静。能虚能静，便能神游万古，心神专一，思虑清明。“虚”、“静”的学者，在旁人看来，可能是“发疯了，痴呆了，入迷了”。但这确实是做学问的最佳精神状态。虚静的学者，是纯真的学者。越虚越静，纯真度越高。一个学者最终能达到什么样的境界，开创什么样的局面，和他的纯真度是大有关系的。

镜泊湖之行留影，左起：章开沅、丁名楠、黎澍、陈铁健

作为一位九十高龄的长者，他曾经亲历抗日战争、国共内战，也度过了风雨如晦的“文化大革命”，在朝气蓬勃的80年代引领一个大学与研究所，与海外学界互动频繁，俨然中国学术界学识渊博、谈吐幽默的文化使节，名扬海内外，为有些寂寞的中国历史学界增添了几抹亮色。

难能可贵的是，章先生至今依然笔耕不辍，时不时发表论著，对历史研究与社会风气提出独到的观察，这一老而弥坚的学术品格，在在值得后辈效法。

我曾经提过建议，请章先生修书一封，向海内外亲朋故旧征集自己的书信，再加上自己所收书信，编成一部来往书信集。如果辅以亲友故旧的回忆，加上章先生保存较为完整的珍贵照片，或许会大大充实本书的内容。

20 世纪是中国从困境走向振兴的大时代，诸多层面都发生了极为深刻的变化，这些变化或许在承平岁月哪怕是三四百年也很难遭逢。用章先生纪念辛亥革命百年的话说，这段岁月，“百年锐于千载”。

作为个体，每个人都是自己的历史学家。

我们不妨试着既关注所经历的重大事件，又记录那些日常生活的丰富细节，江山有待存信史，更望你我有心人。这一突破宏大叙事的努力，随着更多人的参与，无疑将蔚为壮观。

如何记录这些历史，留下手稿，留下照片，留下回忆，留下自传，就不失为极好的方式，无论是各位正在颐养天年的长辈，抑或正当壮年的中坚力量，还是青春勃发的同龄人，请关注您们亲历与身边的活历史，用心刻写刚刚过去的大时代吧！

原载《光明日报》2016 年 2 月 16 日

读书人的气与场

如果大家还在睁眼看当下的话，读书人及其话题的被稀释或许已经成了众所周知的秘密吧！

梁启超先生在一百多年前自我反省，他们那一代身处过渡时代，学问的粗疏实在不可避免，寄希望于后死者。可是，年轮无情地绕过这么多圈，中国的读书人或许还不得不承认，我们很多事情依然在不停地过渡之中，甚至暂时还看不到止步的迹象。

对此，许纪霖教授很有些不满。然而，不仅仅是老一辈渐渐老去、故去，甚至朋辈中的健者也有人化去。岁月匆匆，流失的不仅仅是机会，还有读书人那种正义的火气、悠长的傻气与浓淡相宜的书卷气，如果用钱穆的话，在抗战前后的北平学界，已经氤氲出那么一片气场，学术与学人都可以悠游其中，不想却造化弄"国"，好不容易积聚的风气，在战火中四处流散。一次次的催逼，一点儿一点儿的消磨，钱穆念兹在兹的场景已成绝响。

正是因为我们还在“过渡”之中（其实这本身颇为可悲），我们的问题与关怀其实天地广阔，社会纷扰的深度与广度正足以考验读书人的定力与思考力，让人气短的是，大多数时下的读书人更多喜欢“躲进小楼成一统”，对于社会现象多停留于围观而已，甚至连“弱者的抵抗”都远谈不上。中国史上读书人批评社会的风气是很盛的，当然有时也不免流弊，不过终究可以学风引导世风，而不是像当下读书人更多的是积极靠近普罗大众，唯恐跟得不紧，社会向上的风气也就有些落空。

读书人的气是蛮要紧的一种格，发挥得当，弥漫成绵远厚实的场，那是很动人的景致。曾几何时，读书人开始自废武功，才有了当下读书界的沉闷，也难怪海外一些人甚至大叹猥琐。以往更多的人谈积极自由，这当然很可宝贵，不过消极自由也蛮珍贵，出处之间的利害，现在的读书人已不太讲了，可是这在我们的文明史上曾经是比生命还关键的问题。在许纪霖教授的笔下，陈旭麓先生、王元化先生、张灏先生……无论所处语境如何，都给我们很好的身教。

或许正是对于当下读书界的失望，使得许纪霖教授在《读书人站起来》中，对于前贤，甚至对于电影导演贾樟柯有特别的好感，当然，我们也知道贾樟柯在中国电影界其实是独行侠，更多的人选择趋“炎”附“势”。我们的社会，其实读书人等精英的话语空间与辐射力正日趋式微，我们如果一退再退，真是不知边界在哪里，读书人新一轮的自我矮化其实已愈演愈烈。

想想我们身后的十三亿多人，加之当下的道德、文化、社会诸多层面的不如人意，如果读书人选择视而不见充耳不闻，那么今后我们回眸，21世纪初叶的中国知识分子史会多么地苍白？

原载《中华读书报》2011年5月27日

人生逆旅

金庸，曾经如此真切地启发过我的童年

童年时期，在川东农村，吃饱饭都是问题，当时煮饭往往加不少红薯或南瓜，以至于现在我吃多了一点红薯会反胃。长辈们称吃饭为“哄饱肚皮”，“哄”念三声，欺骗之意。这可能是当下小朋友很难想象的，就跟我们父母谈到当年的悲惨境遇一样。

那种经济条件下，想获取更多书籍来读就成了很奢侈的事情，而一旦拿到一两本书籍，也就格外珍惜。现在看来不可思议，当年却是如此鲜活地横亘在一拨少年人道路上的现实。

知道查良镛先生是十岁左右家里盖咸菜缸的半部《侠客行》，当时封面都没有，有些地方已经受潮严重，只记得有石破天，囫囵吞枣乱翻一气，说不出的喜欢。那也许是家父的收藏，有时家母会因为他经常看小说而有不少怨言。也许，这部残本，就是家父为了躲避家母的搜查，随意放在了某处，不曾想让我读得不亦乐乎。

以后在乡里四处找他的书来读，有的是借来在煤油灯下读完，比如从外公家邻居借来的大开本《射雕英雄传》，当时如获至宝，挑灯夜战，越发喜欢。十六开的大开本，舒卷如意，字大行疏，看起来很快。武侠的侠与袍哥的义，有类似之处，文字与风俗之间，似乎都渐渐幻化为人格中的底色。类似的读物，似乎还有贴着黑色胶布的《水浒传》，干爹家的《薛仁贵征东》《薛丁山征西》，以及亲戚家附近书摊上不少三国、说岳的小人书，我们叫“画画儿书”，五分钱一本，每逢过年有压岁钱我就去那里租来看，十岁前后的记忆，凝结成自己内心最柔软的部分，相对而言，那些课本知识显然缺乏诗意与温情。

不过说来奇怪，当时同学们读武侠小说，是金庸与古龙并称的，有可能喜欢古龙的更多一些，不过我对古龙有些漂浮的文字却始终不太习惯，而且感觉注水的地方不少，倒是对金庸情有独钟，大学时代甚至专门淘了一套三联版的金庸作品集珍藏。有一个朋友遇到心理上的问题，这套书甚至专门借给他排解，后来竟然有效果。每每打开读几页，少年时到处找书读的情景就若隐若现。

这样一路下来，甚至影响了后来读书的选择，中考时原本可以顺利考上中师，以便跳出农门，但是读武侠养成的心性，就是要四处漂泊仗剑走四方，所以竟然在中考复习期间躲在宿舍看小说，直到躲开了中考的时间。当年如果进入中师，可能自己的人生会是另外一个格局。少年时节，那些开拓胸襟的读物，无论如何评估其价值，都是不过分的，养得了一腔子锐气，以至于现在还被某些人视为不成熟，我都怒骂随之，依然故我。

那个时段或许算是我的叛逆期，因为开始四处找感兴趣的书，也经常写诗。这种阅读经历，对于人格形成其实有潜移默化的影响，有时候我经常跟人说，一个人叛逆期的阅读与榜样，很可能决定人一生的很多层面。

这位著名报人、文人与情种，虽然从未晤面，却曾如此真切地启发过一个川东乡野之间的少年，而且随着岁月的跌宕，这种痕迹愈发可爱而温馨。或许山野之间，还有更多这样的少年，金庸大侠，就这样曲曲折折地闯入了他们的生活甚至参与了他们成长。当年，甚至有痴迷于武侠小说，因幻觉而以为自己可以飞檐走壁，不幸从山崖跳下致残的。这当然很让人难受。文字的奇妙与移人，莫过于此吧？

写于 2018 年 10 月 31 日

兴趣不能当饭吃吗？

这些年，经常听到小朋友越来越不快乐的说法，不是一时的现象，也不是所谓的 loser 的专利，普遍如此。

据《三联生活周刊》最近的报道，北京大学教育学院副院长刘云杉用了 4 年时间做了 200 多个学生的访谈，多为一对一的访谈，发现“在这所中国顶级学府里，揭开漂亮的指标、体面的成功，这些中国最聪明的年轻人正面临普遍的困境：在极度竞争中，成功压倒成长，同伴彼此 PK，精疲力竭”。

类似的问题，已经不是近年才有，2010 年以来已经有很多报道，在温饱甚至小康已经不成其问题的一代，如何成长，如何在丰富的抉择中能够找到自我，成了新一代人的关键命门。

在我看来，这些中国最聪明的孩子身上，为何会有这么多的选择困境甚至身心都存在一些问题，除了社会压力的传导之外，更重要的是我们没有鼓励个体去选择兴趣甚至追随兴趣的氛围，除了成功，兴趣与幸福感似乎并不重要。

时常听到一句话，“兴趣不能当饭吃”，就是说你要选择自己感兴趣的事情，但是很可能就没法很好就业，或者没法成功，这或许能解释所谓成功学为何在当下大行其道。的确，“兴趣不能当饭吃”，但是兴趣却是一个人开心、快乐乃至活下去的理由。这则报道里面没有太多提到的是，不少顶尖名校的学生抑郁症比例已经很是惊人，延期毕业的也并不少见，出现这种状况，当然不是学习能力问题，很大程度上是心理问题。

不少孩子迫于父母的压力或同学的竞争，选择了自己并不那么感兴趣的专业。进入大学后，为了抢占保研名额或其他机会，又会拼命争取绩点，延续他们在基础教育阶段的血拼。要是问他们的兴趣是什么，不少人并不知道，其实知道，也很难去进行抉择。

这样的后果，就是可以拥有漂亮的成绩单和学分绩点，但是不见得拥有让他们自己怀念的大学，收获的很可能是迷惘甚至痛楚。

这些天，忙着帮几个出版公司的朋友看简历，因为就业不易，有不少名校毕业生投简历，可是在一堆社会活动、证书编号和考级之外，你很难看到他们大学四年甚至七年读过什么书，有过什么不错的文字，他们的阅读很多是颇为苍白的。

这是一堆失败的简历，也许这样一份简历可以给出版机构，也可以给政府机构，也可以给教育机构，或许他们眼里，只要有足够的证书、实习，就可以很快通关。

殊不知，其实简历需要呈现的是一个活生生的有趣的人，干瘪瘪的证书或实习并不能说明什么。当年跟我一同入职的同事，有两三个也是最顶尖的本硕毕业，后面其实因为并不爱出版，所以很快就销声匿迹。

兴趣至上，是破解这一问题的可能途径。

孔子讲，“知之者不如好之者，好之者不如乐之者”。在基本的生存问题解决了之后，如何发展，如何健康地成长，其实需要一种兴趣主义，而不是绩点为王的 KPI。

顶尖学校的孩子，都是父母的期望，也是社会和国家的期望，他们如何生存如何发展，真是关系这个族群的未来。过于紧张，过于压抑的人生，很难结出饱满的果实，反而有可能造成人生悲剧。

追随自己的兴趣，也许会显得不那么光鲜，但会让自己更快乐。大学之大，就在于选择的多样性，与探求的丰富性，大学不应该是高四高五高六，大学也不应该是绩点为王模式下的养鸡场催肥模式，大学应该是散养，多培养王小波所谓“特立独行的猪”。

有了自己的兴趣，自然就会马不扬鞭自奋蹄，有自己兴趣和爱好的人，眼睛里是有光的。当然，这里面并非说基本的学习成绩无所谓，那肯定要有所保证，但是否强行军，则未必然。

大学教育，就是为了这缕光而存在，而所谓钱学森之问，可能也只有这一缕光能够回答。

这个问题，根子当然不仅仅在大学，更在于我们的基础教育与社会氛围。著名报人曹聚仁曾说：“一个社会的文化思想，太典型化了，会把民族生命闷死的，我们应该为下一代青年开辟个新天地。”我们现在或许富裕了，但其实仅仅是物质上，精神上依然相当贫乏，很多人需要用外在的承认来证明自己，而不是选择自我成长，自我承认，也就不大可能有自己的“新天地”。

从小学甚至幼儿园开始就鸡娃，而且家长结成对子鸡娃，望子成龙幼儿化，小孩子从三四岁开始就要被纳入绩点为王的快车道。某南方著名城市的顶尖学区房，据说开学前后总有一拨小孩子跳楼自杀，因为他们无法再忍受父母、学校尤其是补习班老师的眼神。

我们的教育，太习惯做加法，习惯加餐，生怕孩子吃不饱，生怕孩子落后。如果有可能，父母希望孩子能够像定时闹钟一样，每一个关键点都能准时自鸣，使命必达。至于兴趣，“兴趣能当饭吃吗？”“爸爸妈妈是为你好！”

这样的后果，就是当年读书时，某校的本科国际经济法专业，招了六个班，后来很多同学工作都成问题。因为当时国际经济和法律都是热点，交叉的当然更热。

就是这些不问兴趣问形势的抉择，让不少人痛苦不堪。

有一次，跟京城一所著名高校的几位老师吃饭，大家都谈到孩子教育的焦虑。我当时说了一句：“诸位可能要习惯，你们的孩子很可能 99.99% 到不了你们现在的位置。”当时大家默不作声。

中产阶级习惯成功，却不想或害怕失败，要拼命保住自己的地位，这很好理解，但是，请注意，请仔细观察，你孩子的兴趣是什么，你孩子到底是不是读书的好材料，还是有其他更好的兴趣。

为什么要把兴趣提到这么高的位置？

是因为，现在的孩子如果有了他们自己的兴趣，他们会相对很开朗，也很快乐，而且做出一点事情的可能性更大。兴趣或许真不适合做职业，但是相对感兴趣的职业，终究会让他们更有参与感一点。

千篇一律的选择，最后导致的很可能是千篇一律的命运。

这里面与其说是这些聪明的孩子的责任，不如说是父母与社会的辐射过于强烈，成功学的辐射威力不亚于核武器，有时候会让孩子灼热，无助，逃避。某位著名高校的朋友告诉我，手下十来个研究生，由于过度紧张，八九个都不愿意谈恋爱，生活很苍白。这里面的后果岂止是不快乐！

所谓绩点为王，会让心灵、学业、兴趣收得紧紧的，一切压得死死的。他们看上去健康、优秀，却没有活力，更不会快乐，空心化会越来越严重。我们现在已经衣食无忧，该忧的是如何更加幸福地生活，而不是活下去。

兴趣至上，也许收获不了某某长某某总，但却可以成就他们自己，每一个人生的小确幸。而且如果我们从小关注小孩的兴趣，并且因势利导，距离他们今后在某一行当做得出色，似乎也并没有那么困难。

一个有趣有活力的社会，是由一个个有趣有活力的个体构成的，这里面应该是丰富的人生百态，而不是沿着绩点不断攀升的爬爬梯。所谓成为人上人当然颇有诱惑力，不过也会是一种规训，不是吗？这里面需要心血与付出，不应当让孩子成为潮流下的无个性马铃薯。

我们有责任培育这种有趣有活力的空气，这个看起来如此不容易，但是想起来却连空气都是甜美的。

写于 2020 年 9 月 20 日

桂子山上好读书

中秋前后，正是武昌桂子山桂花开得正烈的时节。这座山并不高，但由于有一拨热血师友，加上大学四年的点点滴滴，如影随形，让人时不时牵肠挂肚。

当下的朋友可能很难想象，当年物质有多贫乏，以至于我穿的是高中语文老师和叔叔的二手衣服。我清晰地记得一个细节，某个傍晚，我身着明显不那么合身的旧大衣，路过旧图书馆时，背后有女生在窃窃私语："这得多老气横秋啊！"

我毫不以为意，更没有回头，她们哪里想到，身上衣服的来历与本人的辛酸。

好在，胸中的书卷，可以冲淡这一切。

报考华中师范大学历史文化学院国家文科基地班，完全是出自我自己的独断，其实是冲着师爷章开沅先生。自幼喜欢文史的我，对这位"非著名大学的著名大学校长"（海外友人给章先生的雅号）仰慕已久，所以当我在垫江一中操场第一眼看到华师当年的招生简章上老爷子的照片时，总觉得似曾相识。

入学前一夜，我因早到尚未分宿舍，所以寄宿九九级师兄处，当时案头正好是苏晋师兄已被翻得起翘的藏书《陈寅恪的最后二十年》，兴奋莫名，通宵读完，一代良史的命运却如此悲壮，如何成为一名历史学家，典型犹在。入学后第一次新生习作选拔，

张舜徽先生读书图

在拉杂追忆中学时代的阅读记忆时，也将那一晚的阅读偶遇写了进去，幸运地力拔头筹。

华中师范大学历史学科有着独特的传统，张舜徽先生和章开沅先生所开创的文史传统，可谓根深叶茂。经常耳闻目染，更加坚定了自己学史的志向。

那时除了上课以外，就是放眼读书，寻找一切可以找书的途径，跟能接触到的师兄、师姐，甚至师弟交流，对于所谓的评优与学分反而不那么在意。

二十年前，新书的更新频率并不太高，外借部能够得到的新书相当有限，加上囊中羞涩，眼馋的新书也不见得能入手；如今满坑满谷合法非法的电子书，也很难获取。纸质书还是最好的阅读介质，借书是得到好书的最佳途径。

借书的范围很广，上至基地班指导老师刘伟教授，下至本科师兄、师姐，可谓读“百家”书。如果记得不错，第一本书是当时四川老乡董三仁师兄借我的《尼采传》，然后就开始在九八级丁勇、熊志军、黎吉标（海南人，写诗，人称阿标）、余晖、王准诸位师兄那里不断借出。由于我比较爱惜书，书借来尽量包好书皮，尽量最快时间读完，所以能“有借有还，再借不难”。有时即使他们不在，他们也允许我把心仪的书带走，事后告诉他们一下即可。其中，黄仁宇的《万历十五年》《中国大历史》《十六世纪明代中国之财政与税收》，岳麓书社的海外名家名作，茅海建老师的《天朝的崩溃》，罗荣渠先生的《现代化新论》，哈耶克作品系列，都是这样一饱眼福的。《万历十五年》那个开篇的镜头，让我对着窗外的古老樟树，不由得怀想万端，历史书还可以这么写。

《殷海光林毓生书信录》让我印象至深，师徒之间坦诚的交流，芝加哥大学社会思想委员会的学术氛围，让人格外向往。其中，林先生谈到他读陀思妥耶夫斯基《卡拉马佐夫兄弟》时，由于沉醉于名著的细节手心直冒汗，我则因读到这段叙述而手心直冒汗。读书之动人与沁人，有如此之深切著明也。

现在同为出版人的魏东师兄，当时对于文学很感兴趣，我从他那里借到不少文学作品。记得一个夏日午后，从他书架上借到一本陈染的《私人生活》，在树荫下一气读完，那种文字的明快与生动，让人大叫过瘾。王晓明老师《无法直面的人生：鲁迅传》刚出新版，魏师兄一到手就让我先睹为快，记得内文用的是很白的纸张，读起来很爽气，王老师文字的劲道，也格外让人享受。我之所以对文学与文学史也颇感兴趣，跟老魏的藏书与推荐有莫大关系。

触角不断延伸，研究生班的彭剑师兄、申晓勇师兄，从他们那里借来了王庆成先生主编的中国近代史研究译丛，滨下武志先生的《近代中国的国际契机：朝贡贸易体系与近代亚洲经济圈》、施坚雅的小薄册《中国农村的市场和社会结构》就是这样读到的。后来编辑王庆成先生的书稿，还跟老爷子提到这层缘分。

因为知道彭剑颇有文名，于是约他聊聊，那个下午谈了什么已经不太记得，倒是从他那满架的旧书新书，知道要多去淘书，既可以节省银子，又能找到不少好书。于是华师南门的旧书摊，武汉理工大学西门的旧书店，武大附近的集成旧书社，阅马场附近的旧书店群，乃至徐东百货附近的旧书市集，甚至湖北大学对面巷子里的旧书店，都成了我寻宝的好去处。长期的熏染，也让我对文史哲新书旧籍至少从书皮子而言比同龄人有更丰富的认知。

翻阅当年日记，陈寅恪的作品集，《剑桥隋唐史》、《晚清史》与《民国史》，勒华拉杜里的《蒙塔尤》，莫理循的两大册《清末民初政情内幕》，都是这样“踏破铁鞋无觅处”而得来的。更奇妙的是，我曾经多次揣想，能够拥有一册陈旭麓先生的《近代中国社会的新陈代谢》，因为很久没有再版，觉得颇为精妙。没想到，有一天雨后的傍晚，我穿着雨靴去南门书店逛逛，在书架上赫然有一册《新陈代谢》，书角稍微磨损，老板索价五元，兴奋莫名地赶紧掏钱走人，一路上心里都在怦怦乱跳。读《钱穆回忆录》，他当年也梦想得到《章学诚遗书》，没想到在北平旧书店也一偿宿愿。我相当能理解他的激动，淘书人的乐趣与奇妙，岂足为外人道哉！

大二的生活中，从借书结缘，身边从此多了一个人，一直相伴至今。穷学生的节目，除了经常约着上自习，就是一起压马路与逛书店。有一次，汉阳某校重组了几个大专、中专，将原来的旧书都抛售一空，我得知消息后，跟某人一起去买了很多，斜阳西下时，满载而归。她后面每次谈起，都说，“那次让我见识了你真是个书痴”。

不仅仅是盯着师兄，也盯着师弟，当时小同乡吕昕有不少藏书，我也随时借来。余英时先生《论士衡史》一书是我推荐他买的，可是估计他都没有看完，我由此和《士与中国文化》

1980 年元旦，章开沅先生在苏州档案馆，后排中为唐文权

一书开启了对余先生的深入认知。章开沅先生的《章开沅学术论著选》，也是他的藏书，我仔细读过几遍，还跟老爷子的《辛亥前后史事论丛》正续编、《实斋笔记》合读，算是对他的学术理路有了真切的了解。

偶尔跟已经学有所成的吕昕谈起，都觉得那时的天真烂漫，对书和阅读的痴迷，现在看起来简直是天方夜谭。

除了桂子山，当时我也到珞珈山武汉大学图书馆看书，尤其是他们的特藏部，不少港台名家如逯耀东、郭廷以、王汎森的代表作，都是在那里看到的，比如王汎森老师的名作《章太炎的思想》《古史辨运动的兴起》。深奥的学术史研究却能以如此灵动的笔触写来，让人有读故事的愉悦，再想想当年作者才比身为读者的我大六七岁而已，兴奋的同时，又感到望尘莫及。从珞珈山下来，看到落英缤纷的樱花，心中除了邂逅名作的快意之外，涌动的竟然还有些许的惆怅。

老师们知道我好书，所以也时常鼓励我。刘伟老师每次见面或课后，我都像跟屁虫一样跟她从最西头的一号楼走到最东头的她家楼下，每次都是我喋喋不休，她静静听着，毫不以为忤，常称许我有历史感，甚至还把她和周光庆老师的珍藏借给我。辅导员吴宁老师刚从武大硕士毕业，听说我读书的故事，有次主动说，我要是买书，可以找她报销，因为刚入职学校给了她一笔购书费用。当时心里热乎乎的，不敢多报，在八一路三联书店二楼的折扣书店买了一些，找她报了一次，这些书至今还在我的书架上珍藏。偶尔翻阅，依然记得当时她对我的鼓励。最近我出了第一本小书，专门找到她的联系方式，呈上了一册，她早已淡忘了这些细节，甚至都不太记得我了。不过十九年前的感动，对于我，却足够有厚度，至今想起，都有着异样的心动。

那时候的阅读，不仅仅是自我的陶醉，还有跟师兄、师姐们的碰撞，包括李勤合师兄主持的春秋读书会，本来是研究生们的场域，却允许我这个大二小学弟主持几场。当然也包括马敏老师的研究生课，一波师兄都不太爱发言，我则就自己的读书心得，不自量力地侃侃而谈，马老师经常用熟悉的乡音鼓励有加。

这一阅读甚至跨省传播，当时同学朱哲的高中好友周月峰兄在浙大历史系就读，我们时常写信交流。我在旧书店淘得不多见的罗志田老师《再造文明之梦——胡适传》一书，曾邮寄给他阅读，他读完再挂号寄给我，随信谈了不少读书的见解。没想到，他后来师从罗老师，博士毕业又到华中师范大学中国近代史研究所服务多年。这一伏笔，如今想起，也格外有趣。

阅读之外，写作也成了必修课，读书札记，短篇论文，人物评论，长论文，题目从上古到现代，乐此不疲地写作。当时没有电脑，都是用标有“华中师范大学”的方格稿纸誊录，大二开始是某人帮我用她室友的电脑录入。这样的日积月累，大一读《钱穆回忆录》的收获《钱穆的人文主义教育观》竟然在大二被《人文杂志》录用，其他习作也纷纷发表。贫乏的物质生活，因为有了某人的陪伴，因为有了书的慰藉，因为有了师友的激励，竟然变得甜美。

从一个普通的小镇做题家，到顺利北上读研究生，短短四年，我甚至只回过重庆老家两次，一是为了省掉路费，一是为了拼命读书，藏书近四五千册，宿管科阿姨甚至破例给了我一个空宿舍放书写论文；笔记做了几十本。现在想起来，那段日子真是格外清苦，如果没有这么充盈的阅读史，也许心灵的枯槁会与生活的贫苦一样磨人。

幸亏，桂子山读书的气氛格外浓烈，恰如此时扑鼻而来的桂花香。张舜徽先生所说读大书如克名城与博大气象，章开沅先生提倡学者须有虚静的心境与治学不为媚时语的担当，无疑是桂子山的学魂。我不知道不读书会是什么样子，但我知道读书的确可以让你变得眼中有光，让烦闷的青春期变得活泼泼的，生活的种种不如意，算得了什么呢?

当时翻得烂熟的《论语译注》，一个情节深获我心，孔夫子曾夸赞颜回“一箪食，一瓢饮，在陋巷，人不堪其忧，回也不改其乐”，宋儒周敦颐称此为“孔颜乐处”，其实也正是读书人的乐处。赵宋文化为近代史家所艳称，重要的原因就是右文政策，读书人有着天下为己任的关怀，所以文脉不绝如缕，文化也可圈可点。

最近刚从桂子山回来，师友们谈到各种往事与旧事，不胜今昔之感。某晚抽空重访南门旧书店，昏暗的灯光下，两册孔夫子网标价很高的三联版余英时先生作品赫然在立，位置很明显，可是无人问津，好像在等候我这个故人。

顿时的欣喜，又化作瞬间的隐忧，余先生的书，人文学科的师生应该都感兴趣，何况现在很难买到的精装版。如此难找的书，却久在书架无人问，有多种可能，要么是大家已经不淘旧书，要么是大家已经不太读书，否则即使是买二手文史教科书时，顺带也会发现。

我当然希望，我这一揣测是杞人忧天，但是联系到所闻读书风气的日渐坏掉，读书无用论调的沉渣泛起，却又觉得格外沉重。

在一切讲求有用与量化的潮流中，读书当然不能套现。

不过，大学时代做事就该多做一些“无用”之思，多读一些“无用”之书，否则今后进入处处讲求有用的社会，一辈子会多无聊。实用主义泛滥，毁掉的岂止是个人经验？

想到穷困潦倒若当年的我，似乎也可以通过读书来变化气质，进而做一些小小的改变。桂子山颇不乏贫寒子弟就读，读书不见得改变命运，却有可能滋润心性，让人多一些诗书宽大之气，甚至有天下士的襟抱，氤氲成一种风景。无论就读时，还是毕业后，一起将这所以文科著名的学府往上提升。

世风所趋，大学与读书人反而应当逆风而行，这是大学的使命，更是读书人的职分。虽有小小困厄，何足道哉！何足道哉！

原载《中华读书报》2020 年 11 月 18 日

消逝的匠人　消逝的农村

读沈从文的小说，那里面所提及的乡村生活，宁静而粗犷，偶尔还有那么一点点抒情，不过让人印象颇深的是湘西当地诸色人等的职业。回想早年生活的川东农村，也有似曾相识之感。

倘若在20世纪90年代的中叶，在一个晴天的清晨，在匆忙赶往学校上学途中，总会碰到各种声响，这些声响当然是特别的职业所发出来的。有半空中鸽群飞过、鸽哨的响声，有割猪匠的哨子声，有鸭棚子（老家对养鸭人的俗称，因为他们为了照看鸭子，常常随身带着一个有盖的床铺，类似乌篷船）呼唤鸭群的声音，有磨刀匠叮叮当当的号子，还有货郎的叫卖声。在这些划破晨曦的声响里，小孩子们会一步步将故乡的滋味潜藏于内心，迎接他们的，会是每日课堂的朝读。那些书卷或许不够写意，但也堪称一门流传已久的职业，就好比那些熟悉的又那么陌生的行当。

如果说这还是需要发声以便引起大家注意的话，那么更多农村的职业却是以其精湛的手艺吸引人们的目光，而这些手艺所附着的职业又刻写进每一个乡民的生命史与生活史。在相邻的村落，除了人们身上的姓名，乡亲们或许更愿意称呼对方身上的职业，因为这些往往是其立身之本。

从家里亲人算起，我爷爷是辈分很高的泥水匠，很早就到外省盖房子搞装修，最早或许可以推到1976年，就在湖北沙市一带揽活。这一职业，学习成绩一直较好的家父原本有望脱离，不过由于爷爷的在外，作为家中长子他只好边准备高考边在村里挣工分，后面考试成绩并不理想，但家中实在无闲钱让其复读，于是家父也只好开启了泥瓦匠的职业。

不过家父的师父并非是我爷爷，而是他的姑父，乡民们似乎也继承了读书人易子而教的老传统，子承父业者有之，但真正拜师学艺还得跟其他人。

我们对面的邻居，也是泥水匠，后来开始承包工程，于是终于跳出农门。

另外一个邻居则是石匠，石头是丘陵地带的宝贝，在砖还不那么普及的时候，石头往往可以用来作为建房的主体，而石匠则承担着开采石头、打磨石头并将其砌好的任务。另外则是，用石头打造一些器具，比如喂猪用的猪槽，盛水的石缸，还有推碾玉米、小麦的石磨，放在庭院的石凳，因为石头结实耐用，而且取材方便，所以很受乡民欢迎。石匠偶尔还会打造一些石狮子，不过那是很隆重的场合。正因为如此，石匠很多，一个村子里往往有十几个。他们在开采与搬运石头时的号子，也很有特点，韵律悠长，不过一般大人不让小孩子学，里面往往会夹带点私货，涉及男女之情的一些信口胡诹。

再往上一个湾子，有位杀猪匠，他是一个孤儿，人民公社时代由公社抚养，很早便负责杀猪，方圆十里的年猪一般都由他操刀屠宰，不过好像前些年已经去世了。还有位电工，那是比较高大上的职业，因为要懂电路知识，而且要善于攀爬高处，否则那些电线杆与电网简直是不可逾越的生死线。这个职业倒是子承父业，所以他儿子也继承了下来。父子俩从修造打米房到面房，都是利用近水楼台先得月的优势，因为机器功率很大，必须安装变压器。我印象最深的是面房附近成群结队的麻雀，经常来门面前觅食，那些加工剩下的粮食残渣，是它们最为心仪的食物，以至于一个个都胖乎乎的，还不那么怕人。

电工是我的远房亲戚，从其妻子那方算来，是我的姨公。他妻子则是人民公社时代的赤脚医生，公社解散，后来在村里做医生与接生婆。尽管我们离县城也就七八里路，但乡亲们更喜欢请经验老到的她来接生，除了经济上的考虑，熟悉与亲切似乎也是很重要的缘由。我还记得妹妹出生的那个上午，父亲让我去找她，当时她似乎还在外面干农活，听说后立即背着医务箱赶来。

电工与赤脚医生，似乎是新职业，所以待遇好像也高了不少，他们的生活水平也比一般的邻里高了很多，这让人羡慕。他们的邻居也有烧窑匠，就是有人要盖房，但为省钱，就在自家附近箍一口窑洞，并拉煤来自己烧制砖瓦。这很考验手艺，稍不小心，就会成为一口废窑，损失惨重之外，更是名声扫地。

风险大，如果技术好，收益也颇为可观，所以烧窑匠家里很早就盖了两层的砖瓦房，但是面对机械化生产的砖厂，最后他们也只好退隐。

而木匠的技艺似乎也遭遇了类似的情况。原来木匠的工作主要是帮新房建造打造房梁与门窗，帮人制作陪嫁的家具，以及日常家具，到了后来，家具厂的批量生产，让木匠缓慢的生产流程宣告终结。除了被收编，一些上了年纪的木匠只好四处打零工。

比木匠更早被淘汰的还有篾匠与箍桶匠。篾匠是用稻草、秸秆或竹子编草席、竹席与其他家用小器物，箍桶匠善于制作农村挑水担粪的木桶，他们需要在赶集的时候带上这些成品去街头现售。但随着替代产品的批量生产，手工制作品需求量的减少，他们很快就被迫转行。

唯一依然很火热的或许是阴阳先生，尽管已经破“四旧”，但乡民的观念对于选择宅基地与安排丧葬，似乎还是愿意请他们来看看，做做道场。至于是否有用、是否正确，反而不再是他们关注的重点。这一现象的长久存在，关于当地人的信仰与习俗，倒是值得进一步考察。

在这些职业的逐渐消亡中，除了需求的锐减，另外一个重要的原因就是后继乏人。20 世纪 80 年代出生的小孩，一般都是独生子女，即使有超生，也多想让孩子走读书的道路，实在不行，也会让其去广东、福建、浙江等地打工，很少会让其苦守家中，因为既挣不了钱，也长不了见识。

这一人口的劣势，使得本身就面临困境的乡村技艺顿时变得更加艰难。随着手艺人的逐渐老去，除了他们手制的成品依然在乡里乡亲家中日渐带上生活的斑痕，他们身上的那些或长或短的绝活，变得已经面目模糊，好似日益寂寞萧条的村子。

此文写就数小时，母亲告诉我文中的电工，也是我的姨公因食道癌刚刚去世，不觉黯然！此前有人说中国的传统在 1970

年代就正式宣告终结了，我倒是觉得，那些腹地的诸色工匠从技艺到肉身的消亡，才意味着传统中国的彻底告别，今后或许只能在博物馆里才能见到他们的声息。

写于 2016 年 11 月 23 日

四十随想

我一向不太习惯过生日。

今天一早，老婆问刚四岁的儿子，你知道今天什么日子吗?小家伙说不知道，老婆提醒了一下日期。他说：“哦，是爸爸的生日。”然后马上给我说爸爸生日快乐。

按照川东的传统，男的三十九，其实要过虚岁的整生，也就是四十。

不知不觉，不惑之年已经扑面而来。

六岁前都是懵懵懂懂，六岁在邻村村小上学前班，然后读了六年小学，六年中学，继而大学。日子似乎从来都是清贫的，但却格外充实，寻师访友、写作、打工，想起过去的点点滴滴，满眼都是回忆，无数的场景，无尽的师友，他们中的不少人已经离开人世，但更多依然活跃，很庆幸跟个性鲜明的他们共同度过了这些岁月。

2007 年开始工作，至今已经 13 年。每次老师们夸赞，出版做得不错，我都说其实是无心插柳柳成荫，因为当时压根儿没有想过做出版，近四百种图书的出版，近一千种选题的积累，只是一段记忆而已。如果不是考博英语失利，可能现在也在教书了。因为酷爱买书读书，出版当然也是真爱，每次做任何事，都希望用以狮搏兔的气势，所以能做成这样，我似乎也不意外。

最感动的是许纪霖老师，每次见面都非常鼓励我，甚至说一个人改变了一个出版社。我当然只是把这当作对我个人的鼓励与期望，需要努力的尚多。希望这样的气势还能延续，因为走得越久，越知道要坚持一些东西是格外艰难的。

这些年，自己的研究兴趣和文献整理一直没有放弃，十来个人物的文集已经成型，这几年会陆续清理出版。几个一直在积累的题目或许未来十年也会推出。出版，其实形势没有那么乐观，好在东西南北都有好朋友在帮忙，未来十年，期待以一人的力量，推动一千种图书出版，尤其是发掘与推动未成名的青年学人的论著出版，让这些有生力量更加生机勃勃。

不过，做学问依然是少年梦。昨天我还在跟老魏说，要做学问就要自我边缘化，衣食不能说很丰富，但也基本无忧，后面除了日常工作，研究当然要加速。有时候，在自己二十多年积累的书丛里漫步，不少想法冒出来，让人格外兴奋和激动，很想赶快写下来。期待未来十年有更切实的行动。

记得某老师曾多次说我是少有的直道而行的人，我每每很感动，当然也知道这样会容易受挫，川东人的血性，自幼对人事的固持，眼见了乡愿的成风，得罪了一些人，更交接了很多好友。这个人生，以一己的体认和坚持走下去，也就是一部生命史。近二十年读孟子、王阳明与曾国藩，其他不敢说，对于自己的生命意志愈加自信，愈挫愈勇，屡败屡战，虽刀斧加于前，可以面不改色，虽千万人吾往矣，宁做我。我们的传统里有太多柔的东西，有时不免有怯懦的阴影。

早年经历使得对于人世颇多冷眼旁观，这些年辛苦遭逢，遇到一些事情，明里暗里的中伤，让人更是格外认识到人心的复杂，不过内心依然炽热。读书人当然要做事，做事当然就要被非议，这些能算什么呢！国人向来有捧杀与棒杀的传统，幸亏还有热血师友的关怀与鼓励，想要所有人都认可你相信你，那是不可能完成的任务，好比你也不可能认可相信所有人。

“人能弘道，非道弘人。”这两年我越发感受到此话的底蕴。要感谢亲人尤其是内子无限支持我的兴趣。如果有兴趣，就坚持下去，将兴趣化作志趣，推己及人，日益扩充，志趣可以改变的会有很多。

当然，对于儿子，自己早年的暴躁是必须克制的，须知，他是应我们的邀请而来，和颜悦色，是每一个人希望的感觉，何况我还是他的父亲呢。

如何做人，就从如何做父亲开始吧，希望我们可以活得粗粝，但绝非粗鄙。社会如何如何，往往成为闲谈与臧否的对象，殊不知你我就是社会的一分子，沉浸在当下，着力改变小我与小群，让当下变个模样，就会很不一样。

庚子九月初六夜

什么人适合做编辑

出版没有多了不起，编辑也并非多有创造力的劳动。记得有人曾经调侃，“一流的学生当作家，二流的学生做学者，三流的学生当编辑”，这话尽管稍显尖刻，但是也部分是现实，作为出版人，无力也无意反驳。

可是，还是有不少小朋友想做编辑，并且时常写豆邮来问：“老师，到底什么样的人可以做编辑？”

这里就试着作答吧。

前提是，这是一个做了十三年人文学术书和大学历史教科书的编辑经验，对于畅销书可能不见得有效。

一、喜欢阅读和爱书是最重要的。喜欢阅读，就意味着你会有较好的阅读兴趣，也可以有较为宽广的知识面，这样无论是文案还是选题策划，你都可以有较多的积累。相对于是否名校出身而言，是否有广泛的阅读兴趣和是否爱书，其实最为要紧。除了喜欢阅读，要是你还很喜欢逛书店，很久不逛书店，甚至觉得心里不踏实，那就更好了，这说明你真的很喜欢书。一切工作的出色，喜欢是最初的动力，也可能更持久。

喜欢阅读，甚至将阅读化为日常，这样无论工作多忙，都会去积累，不会日子久了，变得面目可憎。日积月累，还可以成为一位学者型编辑，同时自己的策划能力也会有所提升。

出版业是一个相对比较枯燥的行业，如果没有先前的理解，是很难做下去的。从招聘来讲，阅读面是否足够，可以说一试便知，无处遁形。

二、要有较好的文字功底。文字功底不是格式化的，最好通过广泛阅读与练笔，逐渐有一点自己的文字风格，不见得要多有文采，但至少要简明扼要，文字干净。只有这样，作为文字编辑，你才可能看出文稿的一些疏漏，也知道如何修修补补，让文本变得比较完好。当然，需要自己写文宣时，文字功力的重要性就不言而喻了。

三、也许你很活泼，但是必须要有耐心与定力。是否外向不是做编辑的必要条件，文静的人也可以做编辑，外向的人也可以，但是有没有耐心与定力，确实是必要条件。因为编辑所处理的工作是琐碎的，是漫长的，是磨人的，倘若不够细致，不够有耐力，会觉得生无可恋，甚至有怒火中烧的时候。定力对于任何行业都是需要的，对于出版业尤其需要，因为这是一个细水长流的行当。

四、如果能有鉴赏力更好。鉴赏力说起来很玄乎，但其实很简单。比如你日常生活中的穿衣搭配，是否有亮点，还是并不便宜的衣服，搭配却很不好看。因为现在的出版业，竞争已经很激烈，如何从一大堆书稿中找出不错的东西，其实需要比穿衣搭配更要紧的鉴别力，这里面当然有学术功底的问题。但是因为书籍还是要有设计，所以还会有鉴赏与审美的成分。这里不仅仅是先天因素，后天也可以培养，比如时不时抽空去看看展览，读读书法绘画集，潜移默化，大致会水涨船高，眼光也会大不一样。

五、如果家境好一点更好。这句话不是说出版业很不行，而是给大家打预防针。出版业的薪资水平较低，但是问题是人文社科的学生其实能选择的行业不多，出版业就是很重要的一类。报纸杂志现在肯定不太行了，而且未来会更悲观，所以出版业或许是一个不得已的较好选择。但是，刚开始，出版业薪资起点不高，如果家境尚可，会不那么幻灭。当你有三四年较好的训练后，薪资水平跟高校老师相比或许差不多甚至略好吧。

这些只是针对想入出版行业这个“坑”的年轻朋友的一点回答，没有面面俱到，想到哪里就写下来，但愿对有些朋友有用。

当然，我并非劝进，反而更多倾向于劝退，跟学术劝退一样。如果真心喜欢，又觉得自己适合，那还是要多多欢迎的。任何一个行业，只要积累足够，做得足够好，都可以有所成就。

作为编辑没必要自恋，出版业的确没有所谓多大“钱”途，但是优秀的编辑还是蛮需要的，因为这并非仅仅关系知识生产，还关系着知识选择与传递。往远处说，更关系着我们的人文环境是否足够丰富，编辑也是“无冕之王”，也可以为人们创造更加丰富有趣的知识氛围。

如果条件允许，我们应该鼓励更多人来做一些“无用”之事，这样才会使我们的人文环境更有生气，因为阅读是能改变人的。

写于 2020 年 10 月 3 日

从兴趣到志趣

——青年编辑招聘之我见

当下出版业面临诸多挑战，其中最为严重的反而不是整个产业处于夕阳阶段，而是人才梯队青黄不接，未来出版业从业者更新换代很可能不足，吸引不了年轻人。这里面有多种因素，如何破解，如何确保人才不断层，是关系到我国出版事业后继有人、继往开来的大事，值得予以关注。基于自己多年经验与观察，特从青年编辑招聘这一方面，提出自己的粗浅看法，期待方家不吝指正。

青年编辑招聘要不拘一格降人才，应该在招聘形式、考察内容与考察延续性方面做深入的创新，方才能够取得不错的效果。

一、校园招聘亟待创新

就我的了解，现在出版业招人一般很少走校园招聘的形式，更多是停留在网络招聘信息发布，而由于出版业相对比较闭塞，不像新媒体或大型国企一样有极高的知名度，要从网络招聘中找到合适的人才，存在不少困难。

强调校园招聘，这跟出版业的特质有密切关系。其他行业进行校园招聘可能更多采用宣传片宣讲的形式，而且更多会讲解其所取得的经济效益与社会效益，不太可能将其产品现场带进校园进行宣传。但是出版业却恰恰相反，出版社的出版物本身就是最好的宣传与名片。

我认为，出版社进行校园招聘的力度必须得到加强，而且在形式上要更加丰富，而不是仅仅停留在进行简单的交谈与接收简历而已，否则就仅仅是流于走过场而已。

首先，校园招聘时要加强对应聘者文字功底的考察。这一方面从何着手呢？只需要求应聘者提供一篇代表性习作即可，这既可以看出其文字功底，也可以在一定程度上看出其学术积淀，还可以在细节方面看出其对待文字的严谨与否，使之成为应聘者的试金石。如果一个应聘者的作品文字功底深厚，学术眼光较为独到，那么就很有成为优秀编辑的潜质，值得予以重点关注。

其次，校园招聘要通过出版品的展示来体现出版企业的文化魅力。出版社的主业是出版品，好的出版社一定有不少让人眼前一亮的出版品尤其是做工精良、设计精美的图书，这本身就是极好的宣传媒介。加之，如果一个人不爱书，很难设想他能做出特别优秀的书。我们可以专辟一个场地，利用小型书架或展台，让应聘者或感兴趣的应届生对出版社的产品有一个直观的了解。愿意接触这些出版品的人很可能就是潜在的编辑储备力量，而那些对于优秀出版品爱不释手甚至愿意停留下来不断欣赏的人，则很可能进入出版社，成为未来优秀的编辑。因为对于图书的喜爱，不同于贪恋金银财宝，往往是发自内心的兴趣，而且这类应聘者会有那种“腹有诗书气自华”的气质，招聘者应该多与他们交流，以便核准预期，形成更加精准的判断。

相对而言，放放宣传片，收收简历，进行所谓的宣讲，反而显得次要，因为这样的交流是很平淡的。这里面还有一点需要强调的就是，为了更好的把关，需要资深编辑提前参与校园招聘，使得他们能够就应聘者感兴趣的领域进行对应的咨询与有可能进行的深描。这一方面既可以使得应聘更加生动立体，也可以为出版社加分，毕竟让应聘者了解到出版社拥有深厚的出版底蕴。

二、深度面试内容的革新

从校园招聘与社会招聘获得了足够多的应聘信息后，如何进行遴选与设置面试内容变得尤为重要，这事关如何获得更加合适的员工，事关招聘的成败。

这又分为两个方面，口试与笔试。

口试方面，就已有的经验，我认为：

首先关注应聘者的阅读面是否广。如果阅读面很可观，那么面试者对于未来的出版内容就很可以尽快入手并尽快拓展开局面。相反，如果阅读面很狭窄，那么今后在需要知识储备时就会极为贫乏，处处受制于既有的条件，需要予以高度重视。更为关键的是，类似的应聘者，也许根本对阅读没多大兴趣，更谈不上对于出版有何热情，如果贸然将他们招进来，很可能成为出版社与他们自己的灾难。

如果阅读面足够，那么还可以问问给他们印象最深的书籍是什么，并且让他们点出其中的重点与精彩之处。如果一个优秀的阅读者，在这一阶段，往往会表现出精神焕发的一面，哪怕一些人不善言辞，但是他们也会把相关内容表述出来，跟泛泛而谈的迥然不同，会让小小的面试成为一个智慧的分享场域，也足可以验证其是否喜欢书籍与阅读。

如果这两方面都没有问题，我们接着还可以请他们介绍一下他所在学科的国内外学术发展前沿，这就是检验一个应聘者是否有研究精神以及是否有学术勇气。如果面对这个问题，他都能做出较为满意的回答，那么真是足够优秀，今后肯定会成为一个有创造性的编辑，会给出版社带来高度的活力，值得认真对待。

如果这方面所知不多，那么综合考虑他阅读的兴趣与文字严谨与否，其实可以试着培养为优秀文字编辑，为出版社储备后续人才。

笔试方面，如已有习作作为应聘材料，可以就考察一下外语能力即可。

针对应聘者所学第一外语，选择一段国外最新文化类文章要求其进行翻译，比如选择《纽约书评》《伦敦书评》《经济学人》或其他文种的外文文章要求应聘者进行翻译。

这里，既可以看出其外语能力，又可以看出他对最新文化资讯的掌握程度，还可以考察其母语的表达能力。如果在翻译这一关能够有上佳的表现，可谓外语能力极为杰出。

第二轮面试综合口试和笔试，就可以得出一个应聘者是否优秀的结论。然后需要做的就是，善待这一波功底与见识都不错的年轻人，让他们尽快融入出版业的潮流。

三、实习期的宽严结合

如果说招聘流程走完后，不错的人才已经眉目清楚，但是并非万事大吉，为了确保万无一失，建议再设置三个月左右的实习期，以便深入考察。而这一阶段，又要注意宽严结合。

所谓宽，是要对其选题与构想予以充分的鼓励与自由。新来的编辑，对于第一份工作，有很多自己的想法，有些想法甚至可能不切实际，但是如果不违背相关出版法规且成本不是很多，就要鼓励其进行尝试，安排资深编辑进行深度指导，这样可以让他们有一定的参与感与荣誉感。

对于他们的实习时间，也可以适当宽松，甚至可以安排他们多去逛书店与书展，让实习者对于出版新形势有直观而深入的了解，而不是过多地安排一些琐事挫伤新人的积极性与新鲜感。

所谓严，是指对于文稿编辑加工的程序与要求而言。对于实习者，我们建议安排两三部不同类型的书稿让他们进行初审，同时让资深编辑随时予以指导。这一编辑过程，必须严格按照出版社程序操作，要求他们从政治倾向、文稿质量与体例格式方面进行严格把关，形成详实的工作笔记，随时跟资深编辑进行交流。通过这样的努力，可以使得新人能够有较强的质量意识，对于图书编辑质量与图书编校程序有切实而深入的了解，避免他们把关不严，出现编辑疏漏。

这一流程的实施，往往是磨刀不误砍柴工，应该给新人足够的时间来认真操作，而不是将新人当做打杂的，随意割裂其审稿时间。因为这既是对新人的不尊重，也不利于他们严格遵守编辑程序，从严把握编校质量。断断续续的编辑加工很可能埋下编辑隐患，不利于新人的顺利成长与确保书稿编校质量。

如果在编辑加工流程中，新人不是严格遵守相关程序，严格做好功课，而是推三阻四，漫不经心，那么哪怕他的阅读面再广，也必须慎重对待，因为一个不严谨的人进入编辑行业，很可能是所在出版机构的灾难，带来无穷尽的麻烦甚至重大损失。在这一点上，是没有商量的余地的，必须实行一票否决。

四、结语

实习期如果顺利结束，而且表现都相当优秀，再进行了其他相关细节的考察后，那么青年编辑的招聘工作或许就可以说已经告一段落，就可以放心大胆地招聘录用新人了。

然而，具体如何培养新人，如何使之能更快适应出版机构的节奏，并进而在出版行业崭露头角，我认为还值得继续予以研究与探索，非本文所能涵盖。

任何事业都需要有人才，才可以有活力与后劲。本文的撰写，结合了我自身用人的一些经验以及同行的一些教训，认为是切实可行的，敝帚自珍，肯定有很多不足之处。但初衷只有一个，就是期待能够通过大家的努力，慢慢积累经验，能够为出版业聚拢一帮优秀的人才。有了人，随时给他们以关心与鼓励，使他们由兴趣形成志趣，才会有事业的兴旺发达，进而拓展新的局面。所谓“运用之妙，存乎一心”，具体主事者有责任多用心于此，事业才会更加有节奏。

为此，我们还任重道远。

写于 2013 年 6 月

新史学品牌的过去与未来

很多人问，新史学是如何来的？我都强调必须回到 2000 年前后的学术与文化氛围。

当时，学界对于史学研究的反思相当强烈，文学研究、哲学研究也试图向历史靠拢，以至于有人担心史学会被蚕食。不过，不少史学同仁的心态相当开放，愿意尝试甚至争论一些重要的命题，比如就我印象所及，对于什么是社会史，就有多次讨论，尽管没有得到什么具体的结论，但引发了后续的研究，将研究方法与领域引向深入。

其实，自梁启超先生 1902 年提出新史学这一概念以来，1949 年后的大陆史学界真正落到实处的时间并不是很长，由于各种原因，到了改革开放以后，才慢慢以社会史、社会文化史的名义在大陆有了较为深厚的积累。不过，这里面也存在不小的问题，就是并非将社会史当做一种方法，而是更多当做一种研究领域，无形中有着自我设限。

香山论剑

2002 年，梁启超提出“新史学”概念的百年之际，梁启超曾外孙、中国人民大学清史研究所杨念群教授召集历史学、社会学、人类学、文学、法学等学科的知名学者汇聚香山，探讨多学科交叉的背景下，历史学如何与社会科学展开对话的问题。

会址选在了香山梁启超墓附近的卧佛山庄。开幕式形式自由，松散地环绕梁墓凭吊一番，周围山林拥翠，树影婆娑，颇有纪念的意味。参会者进入卧佛山庄的四合院，迎面而来的是楷书名家张志和的巨幅书法，上书梁启超先生《新史学》一书中的名言，“历史者叙述人群进化之现象而求得其公理公例者也”，算是对这位中国新史学首倡者的致敬。

会场上各路人马展开了激烈的讨论甚至争论，尤其是专门组织华南学派的刘志伟教授与北大人类学系王铭铭教授对话，试图有所碰撞，加之不少都是三十多岁的年轻人，正是血气方刚的时候，颇有一番朝气，人称“香山论剑”。

会议论文集和讨论记录形成厚厚的两大本，在青年学子中间传诵一时，戏称“黑皮书”，如今盗版横行。

作为大会的召集者，杨老师以为，“史学在很大程度上被压抑了”。从 20 世纪 80 年代末开始，由西方渡来的人类学、社会学等社会科学，及其对新文化史、历史记忆、全球史、图像史和历史书写的关注，给历史学带来很大冲击。在这个当口，历史学需要以新的研究方法，或者说方法论的自觉反思对此做出回应。

不过，“香山论剑”提出了问题，但没有立即解决问题：如何把新的史学研究方法运用到中国学者的研究中去？我们需要以什么作品和实践来呼应新史学的挑战？

我们当时想到的是，是以新方法和新思路来撰写论著，进而形成丛书，将新史学这一理念贯彻到研究工作当中，于是有了“新史学 & 多元对话系列”这一套丛书的出版。

这套书由杨念群老师主编，首先推出的他自己的《再造“病人”——中西医冲突下的空间政治（1832—1985）》和王笛教授的《街头文化——成都公共空间、下层民众与地方政治（1870—1930）》。前者试图探讨晚清以来的中国人如何从“常态”变成“病态”，又如何在近代被当做“病人”来加以观察、改造和治疗的漫长历史，“治病”已不仅仅是一种单纯的医疗过程，而是变成了政治和社会制度变革聚焦的对象，个体的治病行为也由此变成了群体政治运动的一个组成部分。作者从医疗史与社会史的角度入手，揭开了一片新天地。后者以其在学术上的重要性、原创性、深入的研究、方法的精湛、论证的力度，以及对城市史研究领域的重大贡献，于 2005 年荣获两年一度的“美国城市史研究学会最佳著作奖”。

两本书的推出，吸引了众多的学术目光，使得这套书的起点很高。不过如何延续，其实经历了不短的徘徊期。

至今记忆犹新的是，一个沉闷的下午，刚入出版界的我应约去见杨老师，当时在他办公室胡乱侃了几个小时，我们第一次见面，却似曾相识，一见如故，或许是四川人与湖南人（杨老师尽管满口京片子，但非常认可祖籍湖南）天生就有共同语言，加上都是嗜书如命的人，一下子聊起来，不亦乐乎，这套丛书于是就此诞生，也在我手里度过了十多年的时光。

丛书的延续，当时让人踌躇了很久。一个契机是，吴飞教授关于华北某县的书稿来到了我们案头，如何操作？把人类学的东西放进去合适吗？当时，有人是有点犹豫的，我则觉得既然是多元对话，人类学不是最为重要的维度之一吗？有何不可呢？于是，丛书第三本就是吴飞教授的《浮生取义——对华北某县自杀现象的文化解读》，将人类学的角度引入，真正实现了丛书名的“多元对话”，让读者看到了更丰富的角度。

此书的设计邀请了著名设计师蔡立国先生担纲，他不负所托，将华北乡村的苍凉感与本书相关内容结合，封面一出，很多人赞不绝口。这一本书的推出，也让我们的推广方式发生了变化，开启了新史学沙龙的活动系列。

更要紧的是，当时吴飞教授还是三十出头的年轻人，让我们意识到，新史学其实应该有一个吸引与争取优秀的年轻作者的倾向，借助他们的锐气与才气勾勒出不一样的学术景观。

二、板凳一坐十年冷

当下有不少学术丛书，学术丛书的出版，有很多模式，标准与速率不同，效果也就有很大的差异。

对于“新史学 & 多元对话系列”，我们力求宁缺毋滥，不为追求数量而牺牲品质，为了很好的书稿愿意默默守候，“有一本做一本，作者是谁，哪门哪派，都不重要。我们做了长期的准备，坚持个二十年，不信不能成为一种现象，在当代史学史上被记上一笔”。这是杨老师这些年给我说得最多的一句话，因为都有着精益求精的追求，这也成为我们天生的一种愿景，与世风逆向而行。

现在学术研究与学术出版既是最好的时代，也可能是最坏的时代。最好的时代，是说学术资助会很多，学者能够得到的资源比此前有了不少；最坏的时代，是说对于学者的诱惑也多，如果没有足够强的自制力，很可能给了资助，就需要尽快见成效，尽快有成果，尽快出书，而相对急躁的语境下的学术成果，就可能不那么靠得住。慢工出细活，在学术研究这一行当，可谓至理名言，但也最让人为难。

每当看到出版市场很多丛书满坑满谷地出现时，我们除了警惕还是警惕，因为知道真正厚重的作品绝对不是玩人海战术可以计日程功的，所以这套丛书显得尤其慢，至今十三年，也才出到二十多种，近乎每年两种的节奏，有的年份因为耐心等候作者交稿，甚至颗粒无收。然而在我们看来，这都是值得的，静待一本力作的交稿与诞生，也是一段美好的回忆。

这里面无疑是想塑造一种风气，就是宁缺毋滥，宁恨勿悔，比慢，比诚，比实，恰如曾国藩所说“扎硬寨打死仗”，相对于骤然而起的学术出版工程，我们更愿意做一个手艺人，相信好的学术研究往往不是学术速成，更不可能是人海战术所能奏效的，需要养，需要磨，用自己的心力将学者多年潜心积累化作这套书系中的砖石，力求能够更加绵长。

三、与青年学人共同成长

去年 9 月下旬，我应武汉大学历史学院魏斌教授的邀请，在珞珈山分享学术出版的些许心得，刚刚成为正教授的胡鸿专门提到，某一个早上接到我的约稿电话，很是激动了一下。

这一细节我记得很清楚，他当时很诧异。新史学这套文库得到了很多前辈的大力支持，这是我们极为感激的，但是最为重要的是，相对于某些机构的锦上添花，我们对于年轻学者更加关注，时刻留意他们的发表，试着将他们的不少想法转化为学术作品，因为这是一个最有生命力与成长空间的群体。

“新史学 & 多元对话系列”里面吸纳了不少年轻学者的作品，很多是他们的博士论文或第二本书，其中如张艺曦《阳明学的乡里实践——以明中晚期江西吉水、安福两县为例》、李碧妍《危机与重构——唐帝国及其地方诸侯》、胡鸿《能夏则大与渐慕华风——政治体视角下的华夏与华夏化》、胡恒《皇权不下县？——清代县辖政区与基层社会治理》、徐前进《一七六六年的卢梭——论制度与人的变形》、仇鹿鸣《长安与河北之间：中晚唐的政治与文化》、周健《维正之供——清代田赋与国家财政（1730—1911）》。这些作品以其新颖的视角、清新的文风，让我们感受到了年轻学人的魅力，也受到了国内学界乃至文史爱好者的追捧。

我们后续待出的作品中，还有很多年轻人的作品，各有擅长，预示着不少充满活力的学术人生，如果不是过于挑剔，我相信，这些作品会逐渐延伸成一条足够丰富的脉络，让我们看到当今中国史学界的新鲜力量。

关注年轻学者，正好比我们是一个年轻学术出版品牌一样，是期待能从无限可能中汲取智慧，不仅仅是做学术园地的守株待兔者，而是进入学术场域，将有待深入开采的学术作品进行深度的耕耘，甚至允许一些试错，鼓励更多人尝试新视角，与他们共同成长。

这样的努力越多，参与的朋友越多，中国史学的前景才会更加辽阔。

四、由一到多

“新史学 & 多元对话系列”着力开辟了一些新的史学领域，深度介入社会史、文化史、医疗史、身体史、情感史、环境史、概念史等领域。

代表性作品如杨念群教授《再造“病人”——中西医冲突下的空间政治（1832—1985）》一书揭示出，“东亚病夫”的称谓既是中国人被欺凌的隐喻，也是自身产生民族主义式社会变革的动力，因此，“治病”已不仅仅是一种单纯的医疗过程，而最终演变成了政治和社会制度变革聚焦的对象。该书在当代中国医疗社会史领域具有开创之功，曾被中国 27 家媒体评为 2006 年度十大好书，不但在内地学界广受好评，还将由 PeterLang 出版社推出英文本。

黄兴涛教授《重塑中华——近代中国“中华民族”观念研究》将传统的精英思想史与新文化史的方法结合起来，对近代中国“中华民族”观念的孕育、形成、发展及其内涵作了细致梳理和深度阐释，荣登了近五十个榜单，被数十家媒体评为年度好书，作者还为此被《中华读书报》评为年度学者。英文版未来会由 Brill 推出，法文、俄文版也在洽谈中。

胡鸿教授《能夏则大与渐慕华风——政治体视角下的华夏与华夏化》成为《经济观察报·书评增刊》年度十大好书。

王东杰教授《声入心通——国语运动与现代中国》考察清末以来的国语运动，考察了其与国家建构、国族认同、文化理想、地方观念、阶级意识等范畴的互动，是一项非常扎实的研究，被《新京报》评为年度十大好书。

截至2020年3月，该系列已出二十一种图书，数量并不算大，但每本都有亮点，学术质量都比较过硬，每本都能重印甚至多次重印，部分图书销售数万册，在学术类图书中，市场表现堪称出色。读者的充分支持与欣赏，也证明了有问题与新意的研究，都是值得期待的，这跟作者是否著名关系并没有那么紧密。

然而，史学出版的天地远远不止于此，史学研究风格不同，只要言之有据、言之有物，皆可谓好作品，为此我们将“新史学 & 多元对话系列”扩展为新史学文库，形成了八套丛书。

“新史学文库”并不只“新史学 & 多元对话系列”这一个系列。在十余年的运作过程中，我们投入极大热情，不断伸展选题触角，相继推出多个子系列：“中华学人丛书”（覆盖了更多样的研究取向和史学流派，出版罗志田教授《道出于二：过渡时代的新旧之争》、桑兵教授《清末新知识界的社团与活动》等图书）；“新史学文丛”（收入“长论文”性质的作品，及史学名家随笔集，出版黄兴涛教授《“她”字的文化史：女性新代词的发明与认同研究》（增订版）、侯旭东教授《宠：信—任型君臣关系与西汉历史的展开》等）；“新史学译丛”（［日］丸山真男《福泽谕吉与日本近代化》、［美］林恩·亨特《史学的时间之维》等）；“法国大革命史译丛”（［法］古斯塔夫·勒庞《法国大革命与革命心理学》、［美］谭旋《路易十六出逃记》等）；“新史学纪事”（《章开沅口述自传》《退想斋日记》等）；“民国北京史丛书（李少军等《北京的洋市民：欧美人士与民国北京》等）”；“历史－社会科学译丛”……“新史学文库”累计出书近一百五十种，待出版者近两百种，期待以更加丰富的内容与形式，全方位呈现史学研究的魅力，进而拓宽读者的历史视野。

这些系列都有很多后续作品有待出版，比如“中华学人丛书”已经出版者有三十八种，在学术界树立了较好的口碑，后续还有三十种作品有待出版。

曾经有一个历史硕士研究生在读的年轻朋友，也有刚工作的编辑朋友告诉我，他们是读着新史学相关的书开始历史之旅的，这一阅读之旅，其实也是新史学品牌的成长历程，这一历程可以不断延伸，贡献更多的好书与读者互动。

五、关于未来

中国出版现在已经进入一个相对饱和的状态，需要做的是如何提升出版品质与服务效率。

新史学所设想的，其实是要做一做减法，在量上做减法，而在如何推动一本书更好地进入读者的视野这一层面，则要做加法。

今后需要努力的除了夯实既有基础之外，我们还会尝试非虚构作品的推动，尤其是原创的轻学术作品，这里面除了在学术界内部发掘之外，可能更需要广义的文史学者参与进来，围绕一些重要命题、人物、事件展开，撰写一般读者喜爱的历史作品，为历史知识的普及奠定一些根基。

这不仅仅是扩大销量，而且更重要的是传播新鲜的学术理念，让更多读者感受精彩研究的魅力，进而提升我们的学术品鉴力。与此同时，我们还在拓展新史学的边界，将译丛、文丛与传记纳入，使得这一不断推陈出新的理念能够更加丰满。

另外，作为学术出版者，我们在研究态度上要严谨，但是，在传播形式上却不应该固步自封，而应该更加开放，最大程度上去拥抱多介质，不仅是线下图书沙龙的分享，社交媒体的编读互动，图书的数字化，而且还包括传播、宣传的视频化，多拓展线上分享与讨论，吸引更多人关注史学新知识，培养历史思维。只有更多人关注历史，才可能把历史之门打开，进而丰富我们对世界和自我的认知。

这一努力，应该能够突破很多传播上的壁垒，将学术出版的空间拓展得更加开放。

历史学是中国学术研究最有成就的学科之一，而国人对于历史又有着天然的兴趣，所以如何将推动学术发展与传播史学新知结合起来，可能是下一步我们努力的方向，这里面不仅仅是技术问题，也涉及我们自身的表述策略。

历史学应该成为一种思考方式，而不是仅仅历史知识的积累和记忆，远远不是所谓记诵之学。尤为要紧的是，“好书是俊杰之士的心血”（弥尔顿语），通过历史书的阅读，通过历史的训练，让人们更加客观地看问题，更加历史地研究问题，面对问题，更加多元地认识历史与社会。这里面，很多事情才刚刚起步，可以做的事情还有很多，可以尝试的路径还非常广阔。

我一直深深感到，史学与知识界有愈发边缘化的担忧，但一些学者本身却很大程度上只是叫嚷与抱怨而已，其实作为史学家参与整个社会的文化建设，有着天然的优势，如果没有充分的参与意识，而是作壁上观，偶尔哼哼唧唧，这似乎对改变我们的文化氛围毫无帮助。每每我都呼吁，行动起来吧，阅读，写作，考察，行动与改变无处不在，期待通过我们扎实而有效的付出，比如在公共史学方面做更多工作，改变我们的文化空间，进而让历史研究变得更有活力。

好在未来还有足够丰富的时间，而新史观的碰撞也异常激烈，新史料的拓展也变得越发宽广，有心人完全可以悠游于历史之海，新史学甘愿作一永恒的路标，与读者与学者一起守候在至臻之域。

原载《出版广角》2020 年 11 月号

图书在版编目（CIP）数据

书中自有山河 / 谭徐锋著 .-- 杭州:浙江古籍出版社，2021.5

（日知文丛）

ISBN 978-7-5540-2029-6

Ⅰ.①书… Ⅱ.①谭… Ⅲ.①随笔—作品集—中国—当代 Ⅳ.①I267.1

中国版本图书馆 CIP 数据核字（2021）第 063477 号

书中自有山河

谭徐锋 著

出版发行 浙江古籍出版社

（杭州体育场路 347 号 电话：0571-85068292）

网　　址 https://zjgj.zjcbcm.com

责任编辑 郭大帅

封面设计 吴思璐

责任校对 张顺洁

责任印务 楼浩凯

照　　排 浙江时代出版服务有限公司

印　　刷 浙江海虹彩色印务有限公司

开　　本 889mm × 1194mm 1/32

印　　张 8.375 **插　　页** 2

字　　数 174 千字

版　　次 2021 年 5 月第 1 版

印　　次 2021 年 5 月第 1 次印刷

书　　号 ISBN 978-7-5540-2029-6

定　　价 55.00 元